時空旅人

吳錫德

目錄

〔序言〕

體驗旅行

人生無時無刻不在旅行，從匍匐爬行，探頭探腦，四處張望外在世界，到走出家門，在庭院街坊玩耍，或上學，郊遊，就業，出差，或找個花前月下，浪漫訴情，或東奔西跑，飛越洲際，繞著地球跑……。人因為是「動」物，所以一直都有所行動。若真的到了「動不了」的那一刻，也會興嘆：「人生如旅」。

日前讀著詩人瘂弦的回憶錄，提及他去探候一位老病纏身的文壇前輩，聽他說到「人生如旅」這句話，心底備感悵然。事實上，我們每個人到了生命終點，如果還有力氣的話，相信也一定會說出這句話。這不就印證著人類來到地球跑一趟，實際上也就是做了一趟旅行而已。瘂弦老師還說：「什麼人都可以寫〈回憶錄〉，都有它的意義。」這裡的「回憶錄」不就是我們作為人類，做了一趟旅行的所見或所思。有人問法國第一任文化部長馬爾侯（André Malraux）何謂「文化」？他回答：「人死去時，回想這一輩子所做過的那些事。」原來，「文化」的界定這麼簡單，不就是我們做為「旅人」，在世短短數十寒暑中的所見所聞。

人生如旅

「旅行」可說是人類與生俱有的基因。人類跟許多動物一樣，到了成年就得分枝展葉，出外另謀發展。這項出門闖天下的衝動根本就是一種本能。數千年來，人類一直都在旅行，不分中外，無分貴賤，或好奇，或增廣見聞，或信靈，或娛樂，或出於社會壓力，英諺有云：「行遠多識」（He who travels far knows much.）。現代意義的觀光休閒旅行正是十八世紀末從英國興起的。再如，每年九月「開季」（la rentrée），法國人見面的第一眼便是瞧看對方是否曬成「古銅色」（bien bronzé），第一句寒暄話就是：「你去了哪渡假？」「旅行」根本也就是人類生存的必備條件。

很多人可能不知道，古代西方世界最大規模的旅遊形式乃是「進香團」（朝聖）。根據基督教紀錄，及至十四世紀末，登錄在案的朝聖客已達五十萬人。而當時梵諦岡所在的羅馬城總人口也不及十萬人。同樣的，歐洲人出於好奇，成群結隊進行海外探險，最終發現了「新大陸」，就此改變了地球的命運。曾有學者研究發現，哥倫布發現新大陸後的最初十年，那些冒險到新大陸考察的歐洲人，返國後都出現一種超級的優越感。換言之，「到新大陸旅行，不僅創造了歐洲人的新文化身分，也讓他們趾高氣昂，不可一世，因而鑄下毀滅拉丁美洲文化的帝國主義暴行」。

在十六世紀的百年中，歐洲一地所出版的旅遊手冊就多達一千種，是當時新興引進印刷術的最大宗，遠遠超過古典樂譜。幾乎在同一時期，中國明朝中葉，也大量出現由商人自編自印的商旅地圖，供作經營服務，水陸路引，經商須知之用。簡言之，人類大規模的旅行活動是從個人的好奇本性，到宗教的虔心嚮往，經商營利，才進入到當代的觀光休閒旅遊。

「旅行」的定義相當廣泛，從休閒旅遊、探險、流浪、遊學（留學），到商務旅遊、軍事遠征、外交出使、宗教朝聖、流放、移民等等皆屬之。這些對於提升個人見識，想像與創造力，增進文化交流，多元互重，乃至商務交易，互通有無等皆有助益。以孔子為例，他應是上古中國最偉大的「旅行家」。根據孟子的整理，孔子周遊列國十四年，共遊歷九國、七都、十三縣、十八鄉，訪八座名山、九處文化遺跡、四個洞穴，拜會五十九位政要、文人及顯要。其他著名的旅行家，有司馬遷、玄奘等人。古代西方世界的「大旅行家」，則非柏拉圖和亞里士多德莫屬。旅行讓這些歷史名人增廣見聞，也名留青史。質言之，驅動人類出外旅行的動因有別，目的迥異，惟其結果，則是創造了當今人類的文明，不論是好是壞，皆交由時間去做篩選。

人生如戲

人生如戲，戲如人生。生活就像一齣戲。它是演不完、道不盡的喜怒哀樂，讓我們嘗試著酸甜苦辣，只有經歷了這些，生活才有滋有味。莎士比亞在他所寫的名劇《皆大歡喜》（*As You Like It*）不也說出：「世界是座舞台，所有男男女女都只是演員。各有其出場和入場。每個人皆扮演著許多角色。」我們走過，必定留下痕跡。重要的是，如何記下我們粉墨登場時每個重要的、感動的時刻。

法國作家歐梅松（Jean d'Ormesson）說過一句名言：「人類戰勝死亡的唯一方法，就是即便你死去，有人還會記起你的名字。」所以，只要能做到「死後留名」，人就可以不朽，這輩子也就活得有意義。我們參加親友的告別式，或觀看電視轉播某某達官貴人的葬禮，心底總會想著，他（她）到底在人世間留下了些什麼？甚至還置之度外暗自私忖：「寧可活得精采，也不要死得隆重」。人生這齣戲只不過是一個過場。態度就決定了你的高度。閩南語歌星陳雷的那首招牌歌〈歡喜就好〉（吳嘉祥填詞），不就訴說著：「人生短短，好親像咧坦迌」（人生短暫，就像是來遊玩）。我們如果抱定這種態度，不管榮華富貴，或度日如年，生活一定會過得既充實又幸福。

法國作家卡繆（Albert Camus）在《異鄉人》書裡，透過牢裡的主角說道：「一個人哪怕只生活過一天，也可以毫無困難的在牢裡過上一百年。」法國哲學家德勒茲（Gilles Deleuze）也得出一個體驗：「一個人在家裡也可以過得很游牧。」還有十八世紀那位因比武犯禁的作家德梅斯特（Xavier de Maistre），被處以四十二天的居家禁足，因而寫下了一本書《在自己房間裡旅行》。易言之，旅行並不是非得長途跋涉，強迫身體位移不可，只要你活過，思過，回憶過，想像過，旅行就在你心中，旅行就屬於你。

兩三個純樸且偉大的形象

人生無處不旅行，關鍵在於如何體悟箇中的意涵。藝術家做到了，所以我們擁有精采絕倫、引人深思的文藝創作。史家也做到了，所以我們擁有綿亙不斷，璀璨美麗的文明。換言之，人類所有的創作及文明都與旅行有關，皆因旅行而生，尤其是文字書寫。卡繆說過，他是靠著「兩三個純樸且偉大的形象」來創作的。他提到有一次回阿爾及利亞老家探親，母親正和她的姊妹們聚在一塊聊天喝下午茶，年邁的姨媽們對映著牆上一幀她們一群姊妹青春年少的模樣，讓他揪心不已。如果說「人生如戲」，那麼最大的不同點是，這齣戲從沒有給出劇本，而且它也不允許暫停，任誰也不知道哪個時間點會劇終。當然，更不會有謝幕這樣的排場。我們能做的，不就是放鬆心情，步步驚魂地踏出下一步，然後小心謹慎地回憶過往。

我住台北文昌街已有三十餘年，離我們家不到五十公尺處，一棟狹窄的平房，住著一位清癯的長者。看不出他的實際年齡，也不知他的真實姓名。每天早早晨起，有一隻黑色土狗相伴。他孑然一生，應該是這條熱鬧家具街的老住戶。我們路過都會喊他：「伯伯好！」有時打從市場採買回來，也會塞幾個水果給他，他也會欣然收下。平時都靜靜地在騎樓下活動，寒暄幾句，也回收些紙箱賺點零用，然後叼根菸四處走走。屋裡有一台電視機，生活一切自理，偶爾會有社會局的志工過來探候一下。他為人真的夠低調。隔壁的財哥是他唯一的談話對象。年紀比我小的財哥告訴過我，他不回大陸探親，說那兒沒有親人了。直到有一天路過他家，赫然發現大門深鎖，上頭還貼了個封條。打聽之下才知道幾天前他已靜悄悄地走了。這麼一位無名無姓的無名氏，與我們毗鄰這麼多年，他的親切隨和，與世無爭，給我們太多的懷想。他那和藹的模樣，我一輩子都忘不了。

另一個形象是我十九歲那年，與一群同學到新店坪林露營，在河邊拍下的黑白照片。那時我已「轉大人」，因平素有打工，體魄相當不錯。最近翻看才發現那年我已有六塊肌了！坪林是我們年輕時最常去玩水的地方。撫今追昔，這張照片喚醒我們的青春年少，那樣單純又自在，還有彼時的事事物物。有回騎單車環島路過小歇，看到舊橋依在，當年帶領我們玩耍的阿濱卻已不在，備感唏噓。還有每次搭車到礁溪，即將駛進雪山隧道前，我都會不自覺地探頭，張望那片有著我們許多嘻笑歡樂的河畔……

旅行讓我們記錄人生，也體驗生存。我們起而行，勝讀萬卷書；我們坐而思，可以馳騁古今，做個幸福的時空旅人。人生如旅，指的是生命的形式；人生如戲，說的是每個人自身所開創的內容。至於人生如夢，講的恐怕是生存的幻景，其實它也是生命的本質，也是一種恆久的真理，就是所謂的「神話」。

（二〇二二年九月）

台北隨想

做為一個老台北人真的很悲哀，每年只能在農曆春節五、六天假期，當眾多新台北人轟然出城歸鄉團聚淨空之後，我才感覺到一種舒暢，一種台北人的尊嚴……

我家世居台北盆地（昔稱「大佳臘」，「凱達格蘭」之略語，意為「沼澤地」），在台北舊城東郊，今復興南路、瑞安街口。這一帶昔稱「大灣」，想必有過一條河川（即瑠公圳運河）在此拐了個大彎，後來改為雅音「大安」（即大安區）。記得小時候曾問過祖父：我們住的地方為何叫「大安」？阿公語帶神祕地回我：「就是二個小孩『大寃』（「大打出手」之意，閩南語諧音），三個大人拉不開。」。其間除出國念書外，一直棲息在南台北，四十多年來心中絕少有過所謂的「台北人」意識。直到有一回搭計程車與司機閒扯，這位運將是個年過半百的新台北人，倚老賣老地吹噓某某攤子的鯊魚煙有多好吃！我順口回他：隔壁巷底的那家更道地。他心底認同，瞧我這副年輕模樣，問我怎會知曉？我洋洋得意回說：我是台北人呀！司機悶了半晌，不等我收起得意笑靨，便頂我一句：「真是稀有動物！」接著他還一本正經地說，他做運將拉客也有二、三十年，已經很少能載到「正港」台北人！

曾幾何時，台北人已淪為故鄉的異客！「台北人」成了一個既抽象又罕見的族群。首先，因為他們被稀釋了。當今，以台北為新故鄉的新台北人早已超過生於斯長於斯的老台北人。其次，除老舊社區的台北人仍依然守著破舊的經濟生活圈外，大部分都給快速的都市規畫搞得四處離散，尤其被居高不下的房價給趕出台北。再者，有錢的台北人，或台北「田僑」（靠高價出售祖產致富者）不是遷往郊區華宅，就是移民美利堅去了。這種情形像極了我所熟悉的巴黎，它就像是每個國際都市的宿命一樣，大都會通常只能容納最富有和最貧窮的兩種人，而所有的人都身不由己地不以它為故鄉！

發現童年的老台北

唯有親眼見識過都市蛻變的人，才夠資格談論這座城市。小時候，學校「家庭經濟狀況」欄裡皆不假思索地填上「小康」兩個字。除了為拚選舉找到「三級貧戶」外，幾乎沒有哪個孩子願意在這個節骨眼輸給別人。但那絕對是一種善意的謊言，在那個時代幾乎是找不到不貧窮的人！小時印象裡，有好一陣子早餐飯桌上只有菜脯米（醃曬過的白蘿蔔乾）和稀得不能再稀的粥。台北況且如此，鄉下更不消多說了。

那時的窮是遍及全台的一種普遍現象。至於白先勇筆下《台北人》那種生活，簡直活像一部「域外小說」，描寫一批流亡台灣的大陸人，自動住進台北「隔都」的生活。一群我所不熟悉的台北人面孔！那種感覺像在觀賞六〇年代史蒂夫麥昆主演的那部好萊塢黑白名片《聖保羅砲艇》。背景是你再熟悉不過的自個家（淡水鎮），上演的是與你毫不相干別人的故事。那種有點兒親切，又很疏離的感受。或許白先生在開時空錯置的玩笑吧！直到現在我還認為他「僭用」了「台北人」這個字眼。只有極少數國民黨高官權貴和避難來台的上海般商能過那樣的台北生活！

想我小時住眷村的同學，原籍江蘇的劉子傑住建國南路邊的大安新村，在美軍顧問團第二營區（之前台北信義路三段美國在台協會）正後方。不過，他都是從安東街三三八巷進出。所以我們倆乃志同道合的小兄弟！一路同道的小湖南人熊允中，他住和平東路上的成功新村，也都一貧如洗地過活。尤記得小時因家中無人伴讀（不是不識丁、就是得出門打工），放學後最愛到子傑家一起做功課。因為他母親極為親切，和一位小姊姊可就近請教。他們家雖住二層樓，但一層的面積恐怕也只有十來坪上下。我們的書桌就是他們的飯桌。一邊寫功課還一邊聞得到與我家口味完全不相同的飯菜香。至於新生南路那一端，我的母校龍安國小對面，住日本宿舍的外省籍同學家，因動線不同、交情不夠，也就無緣窺視。本來統治階層（不管日本人或外省人）的居住空間自然會有所區隔。

到了六〇年代末期，台灣經濟開始有點起色。台北市首任民選市長高玉樹做了一些都市規畫，我才見識到都市的快速易容。先是小時候愛去探訪的迷宮林安泰古厝被迫搬遷，好開出一條敦化南路。接著，安東街（今瑞安街段）沿

與世新五專同學到坪林北勢溪露營。當年我（中）的六塊肌是寒暑假打工練出來的。左為王光裕，右為盧旺財。（1974）

街的小溪（大圳溝）給加蓋了，並且被斜斜腰斬，好增闢一條復興南路。但不知何故，這條新路的二段處，就在我家祖厝巷口不遠處，一直被一棟日式豪宅擋在路中央，至少有兩、三年的光景。之後，台北便瘋狂地蛻變。七〇年代末，我大學畢業做兩年記者，當時已買得起二手偉士牌機車代步，繞行台北，穿梭大街小巷，有時還會被突如其來的整建工程給弄迷路。至於北邊的台北，那就更陌生了。只稍深入一

國父紀念館前端與仁愛路四段平行的鐵道，原為四四兵工廠與華山車站的運輸道。這輛紅色偉仕牌二手機車是母親買給我當交通工具的。我騎著它上班，大街小巷跑新聞。（1980）

點兒，就彷彿到了異地。記得有一回步行進入迪化老街，行走其間，親切異常，簡直就像一趟「發現之旅」。心底直喊：台北我的故鄉怎麼竟也有這樣傳統的閩南原鄉味！

之後，台北更像渾身是勁的少年郎，那樣奮不顧身地追求現代新玩意，也像初識花花世界的村姑，那樣迫不及待地褪下身上的舊衣裳。此時，我選擇負笈海外。換言之，我的台北經驗隨之凍結。但我知道台北早已是脫韁之馬，我錯過了第一家麥當勞速食店、第一家7-11便利商店，朋友從國內寄來一捲他們在KTV歡唱的錄音帶，我和內人像極了鄉巴佬百聽不出個所以然！更有趣的是，有一次回台省親，還多虧一位選擇定居台北的法國友人帶我到西門町，去見識那傳聞中的「紅包場」。

我是從法國歸來後才開始重新去發現台北——我的故鄉。我們的故居依在，不過再過個把月它將被新地主鏟平，這座祖父母親自監工的閩南宅院將化為灰燼，永遠只能留在記憶中。出洋見識過後才知珍視自己周遭的一切。每回外出，我幾乎都抱著像民俗學家或古蹟瞻仰者那樣的心情，去檢視每個路段、來回品鑑每個幽靜巷衖。深怕下一回再見，早已面目全非，或根本見不著了！

因此，每個印象，不計美醜、不管協致與否，我都恨不得將它們烙印在我的腦海，像數位攝影機那樣一掃全錄，然後再伺機一一篩選儲存。

尋找台北，我的原鄉

在這當中無意間讀到舒國治的〈水城台北〉一文，這位以閒逛為業的作家，早我幾年生於台北，雖是外省第二代，卻比我更熟稔台北的天文地理。有一回我們天南地北地閒聊，從瑠公圳到延吉街路面底下的支流，從新生南路底下的大圳溝到坡心，還有大安森林公園（日據時代七號公園預定地）的前世閩南古厝、亂葬崗、外省眷村……好不暢快。這種歷史神遊只能與同鄉人共享。直到有一天我「發現」文昌街（昔信義路四段）二七八巷住家前有一座與我同庚的「信義路八號橋」，一邊加蓋，成了鄰近大廈的專用停車場，另一邊很難得的露出河面，它應是流經台北東區，銜接大灣寮與港仔嘴，新生南主流與延吉支流的一段。台北市府還會定期派人來疏濬整理。最近因宣導環保有成，河面不再那麼惡臭，才吸引我駐足觀看。有好幾回驚見三五隻白鷺鷥在水面上覓食。

台北市龍安國小畢業團拍，第三排左起第六為本人。前排左起第五為班導師楊熹盛。（1967）

我才恍然大悟，不久前台北盆地還是一片沼澤，水煙漫漫，一片翠綠。候鳥白鷺鷥憑著遺傳基因，還記得這段飛行路線。是我們人類侵略了牠們的生存空間！

最悲慘的莫過於有一回在報端看到一則小新聞：剛完工不久的台北體院運動場在一場大雷雨過後，平白從加蓋的排水溝洞口冒出好幾尾活潑亂跳的土虱。這種淡水魚頭型扁平，生性勇猛，但不夠機靈，經常棲息在田間圳溝邊。夏天晌午，我最愛趁大人午睡時分，頂著烈日到今開平高中旁的田地或菜圃「巡邏」，獨享酷陽罩頂，萬蟲齊鳴的寧靜。偶爾只稍做個小陷阱土虱便入網，好攜回家當燉品。那一夜，在公家醫院任職一向沉默寡言的父親，一定眉開眼笑地喝起小酒，我們則在一旁貪婪地聞著酒香，不覺醺醺然。

從七〇年代末期起，台北便已完全走了樣，至少已不是老台北人生活經驗中的城市。台北變大了，變得更寬宏大度，像大海容納百川那樣；從空中鳥瞰，整個台北盆地更像一座大湖，收容來自四面八方的魚蝦蟹蟲，以致於台北人不再擁有自己的容顏！直到綠色執政，先是宜蘭，再來台南、屏東，各地方政府拚本土化，紛紛找回它們的地方文化。這時台北才猛然驚覺它竟是一個沒有文化特徵的大都市，這多少令我這個土生土長的台北人汗顏。從台北水鄉澤國一路到台南人阿扁市長的「台北新故鄉」，甚至到小馬哥市長，這位在台北已住了近五十年的外省市長身上，似乎少了一根聯繫！這或許正是台北人的悲哀吧！

每個台北人都是移民，每個台北人終究也只是這片土地上的過客。因為沒有歷史包袱，讓一大群不同世代的台北人前仆後繼地奮勇打拚，開創傲人的現代文明成就。但也因為衝刺太快，無暇回顧，也不願回首當年，久而久之，台北人成了最沒有面貌特徵的現代都市人。

初夏，到八德路頭的華山藝文特區（其實只是日據時代遺留的酒廠廢墟），聽一場文化創意產業的研討會。會中主講者或像傳道士那般敦促在場的每個人，要珍視有限的傳統文化生機。或像初登國際舞台的「改良」京劇演員，唱作俱佳地吹噓中華文化的國際品味。那是一場沒有交集，又幾乎無關痛癢的「文化教室」。走出大門外，是迎面襲人的熱浪，夾著瀝青熱氣，還有風馳電掣呼嘯而過的車輛，及恣意聳立毫無美感的樓群。

我朝新生南路方向走了一段，三十多年前那兒的瑠公圳應尚未加蓋，河堤兩岸細柳低垂，溪水潺潺。我這才猛然想起，方才那片廢墟不正是祖母口中祖父年輕時的工作場——樺山貨物驛！農餘充當苦力的祖父上下工，拉著板車，應打從這裡過。然後左轉鋪著礫石子的信義路，再右轉彎進有水道並行的安東街。那條圳溝在三十年前還河清見魚，水流清澈，水草隨波漫舞，魚蝦悠游其間。這段拉車將近五十分鐘的路程，走來應是既辛苦又愜意的。這座廢棄烏梅酒廠應是樺山貨物驛的腹地。而「樺山」不正是那位攻克台灣的首位日本總督樺山資紀？台灣人的歷史胸襟竟是如此地寬宏，大概只有文明程度落後的被殖民國，如菲律賓或其他亞非拉丁美洲國家差可比擬。當韓國人上下一條心，逐一敲毀日據時期的古建築物時，我們的總統府——日本的總督府（建於一九一九年），至今還是島內最高政治權力的象徵。我們的一票建築師或古蹟專家還不斷奔走，聲嘶力竭地呼籲國人要「搶救」古蹟！問題是：那是誰的古蹟？拿來紀念什麼事蹟？

統治者們的台北城

清廷的建設，尤其是劉銘傳的巨構擘畫，皆為日人所接收，要不就悉數摧毀。一位當代日本學者又吉盛清寫道：「一八九五年日軍攻進台北城後，即拆毀城內清國所有行政公署、廟宇，及文教設施。一九〇九年，台灣總督府又假借市區重建名義，拆除舊台北城的城牆……這不僅拆毀中國傳統式建築而已，更是砍斷台灣人對中國文化的認同，及對其精神生活的破壞。」日本據台五十年，成了許多殖民文化買辦唯一的參照。

我的祖父出生時已是日本籍，因無緣上學，從未聽過他講日語。一生大半輩子善盡台灣支那屬民的義務，還得養家餬口。當初清廷因戰敗割台，他的父親業已坐擁大佳臘大片田地，而放棄內渡。之後卻染上鴉片癮，害得祖父十六歲那年就得自立門戶，打拚求存。他一生從未在我們面前提過日本人什麼的，但他卻曾與他的叔叔到日本橫濱經商數年，只說過日本時代治安比較好。倒是祖母經常提及每年收成時都得暗藏食糧，躲日本警察的稽查。歷史書上總是太少留下這些平常百姓的記述，有的只是那些操書寫大權的上層階級那些意氣風發充滿霸權的宏論，或當道者迎合「政治正確」令人啼笑皆非的觀點。

連橫是寫台灣史的第一人，姑不論嚴謹如何，其動機卻是令人欽佩：台灣人不可無史！每個台北人都有一段該留下來的歷史。只有當千百萬個見證交織融合在一起，台北才有史，台北人的文化才有交集，台北人的形象才會浮現。總之，台北真的需要一部新的撰述，而非只是一部大歷史，或斷簡殘篇式的野史，它應是由眾多市民，不論出身，不分畛域，不管省籍族群，共同撰寫的史詩。

台北擁有許多傲人的現代成就。歷史給了它許多機會與優勢，但也少不了許多折磨。台北真是個開放的城市：東亞的要衝、大陸的門戶、人文薈萃、

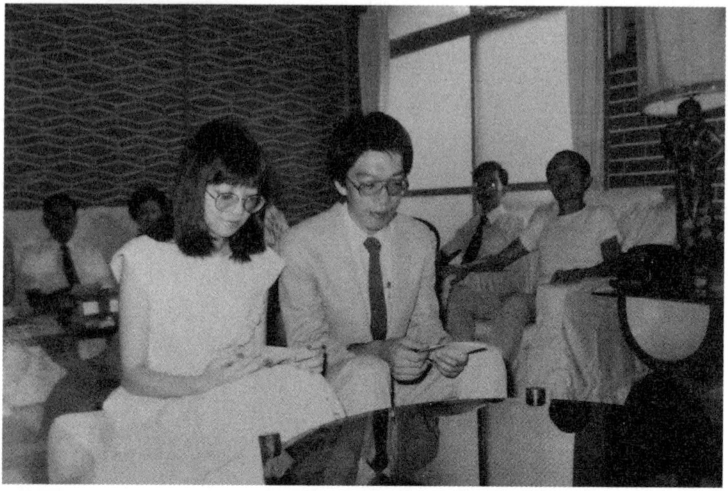

這是我們的訂婚禮，雙方家長見證，我正式轉大人。隨即帶著未婚妻遠赴法國繼續學業，也攜手共組新的家庭。（1982）

資源厚實，還擁有最多元的文化、匯集最多樣的思考及創意。它也是一個穩定、高素質的民主國度，深具活力與開創精神的上升社會，及資訊發達且普及的國際都會。此外，台北還繼續保有移民社會的特徵，一個真正的「希望之邦」（Promised Land）。台北的社會流通堪稱世界第一，只要肯打拚，我們可以隨時製造千百個白手起家的企業鉅子，也可以出現三級貧戶出身的大總統。這已遠比美國的「花生總統」、「演員總統」來得傳奇。但文化的事卻不能急就章，且現階段台北的優勢並不會永遠屬於台北所專有。台北還沒找到它的身分，台北應放慢腳步，想想過去，並思考未來。

在政治上，我們有「有夢最美」這樣動人的口號。在文化上，以及在做為人類的尊嚴上，我們應有「擁有記憶的人最幸福」這樣的堅持與追求。一座城市之所以偉大在於能找到它的市民。佛家有三世因果之說：「因為有過去，才有現在；因為有現在，才有未來。」不知過去的人，永遠活不出現在，也不可能享受未來。台北人的信心必須從它的歷史中發掘，歷史就是它的「內容」，就是它的文化。有了這些，屬於它的最異質的特色自然會脫穎而出。台北真的不需要太多摩天大樓、速成的娛樂場。台北的空間應是貫穿歷史的，台北的地理應是多維度的，台北的動力就實實在在踩在我們腳底下。每個台北人的首要責任，就是在他有生之年戮力尋找台北的過去，找回真實的台北。一座有血淚、有故事、有夢想的城市，比得上幾百座科幻虛擬、聲光效果、速成的遊樂城。

其實，做一個「台北人」也不算挺困難。只要你決定做台北的「定居者」，而非「過客」，然後隨時隨地能放慢腳步，你就能感知這座多姿多采的城市的新面貌，從而不斷發現它新穎可愛之處。換言之，只要能時時刻刻放慢腳步過活的台北人，都是「正港」台北人！

（二〇〇三年八月）

流浪到淡水

我家世居台北，與這塊土地結緣匆匆已四十餘寒暑。雖說也在國外寄居六、七載，但屈指算來，在淡水求學與工作好歹也有十五、六年，如此稱淡水為我的「第二故鄉」亦不為過。但慚愧的是，我對淡水的印象卻一直停留在大學時代，也就是坐北淡線小火車、走英專路、爬克難坡的年代。如今，教職員與學生的專車皆長驅直入，直接將你送進五虎崗的校園。如此過門不入，與淡水可說徹底隔絕。過去教書十餘年，學府路口拐個彎兒，也就根本不會去過問淡水事。管它大樓林立、怪模怪樣，渡船頭河堤整建、白樓拆除、馬偕立像等等。坦白說，此時淡水至多也只不過是我白天夢遊必經的一個場所。

相形之下，在大學時期我們就幸福多了，像是人們偏好凍結美好往事那樣。整座淡水鎮就踏在我們這群年輕學子的腳底下，夜裡整個學院的大學生幾

淡水／觀音映夕陽 ，紅毛城下方小小滬尾漁港前的舢舨船依然停泊。（2020）

乎傾巢而出，漫遊在淡水小鎮的每條巷弄，每根血脈裡，管它是英專路，或後山「墮落街」的彈子房，鎮上三家二輪首映電影院永遠都座客盈盈。渡船碼頭上有著那種淡海交接永遠也揮之不去的氣味，遠處還有那盞夜夜都在運轉又不時劃開黑夜的燈塔。然後，不急不徐間，在夜燈下，循著小徑，又爬回克難坡，送初識的女友回學校的宿舍。沿路有讀書的燈火，當然也有雀城酣戰的磨沙聲，間或蟲鳴嘶啼，松濤翻滾。夜空下，校園裡那段古色古香的宮燈道，又不知令多少淡江學子悸動不已，一種至福與自豪的感覺，久久揮之不去，直到離校多年仍然深藏心底。是的，就是在這種時空下，它將這所大學襯托為當時最為開放的學府，連肅殺的戒嚴氣焰都不容輕易滲入。沒有國立大學的呆板，沒有教會大學的索然無味，更沒有一般私立大學的市儈。「淡江文理學院」在我們心中無疑就是全台最自由、開放、浪漫，以及最西化先進的大學。

負笈淡水小鎮

只可惜淡江升格為大學之後，很快地便拋棄了淡水小鎮。都市發展、交通動線的規畫，以及缺乏振興社區意識的作為等等都是主因。總之，從八〇年代起，淡江大學便與淡水劃出一條鴻溝。當然，淡大依舊是一所沒有圍牆的大學，它的校園依然美麗動人。星期假日還是會吸引無數前來觀賞美景，或遠眺落日的遊客，其中較多的是新近移入典型的「郊區人」。他們大部分皆是被台北都會居高不下的房地產給逼出來的，選擇居住淡水只是一種過渡罷了。相反的，隨著市區的更新，市中心的內移，以及不可避免在地人的外移及老化，土生土長的老淡水人真的也就越來越稀少了。至於學校當局也絕少有人會去關心淡水的生與死，每天二、三萬社會菁英智士或青年學子竟可以不必踏出心中老早就築起的高牆，人人都像過客那樣，來到了淡水，心底永遠在他方。

去年因為擔任學校行政工作，加上又接下了兩本譯書，實在疲於奔命，便在克難坡下租了一間老式套房。結果因不再適應淡水的濕冷，復因窗外永遠響著電力公司運轉站高分貝的噪音，根本也就沒能享用多少淡水的深夜與便利。只是有一回為了充飢，抄斜坡下的捷徑走水源路，才驚覺發現這條大學時代蟄居過的幽靜小巷（仁愛街），竟然成了一家家燈火曖昧的茶店仔！風化區就設在昔日的校門前，那種驚愕與憤怒久久難以平息。二十前的老淡水消逝了，它究竟是荒蕪在人們有意無心的疏忽之間，還是被時間給侵蝕了？

想到這裡，倒記起去年到日本東京慶應大學開國際會議的情景。從地鐵站到校區的那段路，雖沒有坡道，但上上下下的天橋與樓梯，以及擁塞的車輛，急促擁擠的行人，加上那樣的距離，其難行的程度絕不亞於淡江的英專路與克難坡。但避開大馬路，剩下的卻是一條條極具趣味、令人懷念的街衢；各式手藝小鋪、小吃店、咖啡館、書局。夜裡更有無數令大學教職員及學生高談闊論、流連忘返的居酒屋和各式餐館。只可惜，人們貪圖方便，將我們直送進這座智力工廠去販賣或者去裝配。然後又一批批將我們送回大城裡，或各自孤獨的宿舍套房裡。叫人抱憾的是，至今仍未有人提議去振興那條早已失去古意的英專路，更遑論那些由我們先民胼手胝足、一磚一瓦，辛勤興建的淡水老街。除了學府路口右側即將冒出一座未來新古蹟鄞山寺外，其餘的遲早都在這塊永遠不時飄溢著海風、漁腥味，夏日是烈陽、冬季則是東北季風的域場裡，靜待摧毀之神的宣判。或化為烏有，或寫進史籍、或導覽書本、或潛入曾經活在這塊土地上的人們的記憶海裡，或隨著他們的逝去而了無痕跡，或由他的後人在不經意間重新發現，去想像，或去編織一段活生生、血淋淋，又模糊不清的故事。

是的，此時此刻我的淡水記憶就是這樣形成的。要不是我已邁進人生的中期——心理學家不是老早就證實，人類大致活到中年便會有一股尋根的莫名衝動，說明白些也就是喜歡去回憶往事。要不是突然想寫一篇我在淡水的日子的文章，以及要不是我又重遊了一趟淡水。要不是我初為人父，想替女兒取個像樣的名字，因而想起了我們家的族譜，又翻箱倒櫃，又東拼西湊的聯想，才發現我們這支在台灣繁衍了二百餘年的血脈，當初竟然是由一名來自福建泉州的

淡水禮拜堂建於 1932 年。加拿大的馬偕牧師 1872 年抵達淡水積極展開傳教活動，這座雅致的長老教會禮拜堂是由其子偕叡廉發起募款並監工完成的。

小夥子給帶進來的，而他就選在滬尾（今淡水）登陸。二十年前，那個約了一名念西班牙文的女友，於夜裡一起躺在渡船頭河堤的魚網堆上談心，在靜肅的觀音山的凝視下，仰望著滿天星斗，一旁是浪濤拍岸聲，作起留學泰西大夢的我，怎麼也不會想到在二百二十三年前的某個相同的夜晚，一個與他年齡相仿的年輕人，經過幾天幾夜的海上顛簸與漂泊，告別了再也容不下他的家鄉。在那裡「無可耕之田、無可佣之工、無可覓之食」，甘冒觸犯王法和性命安危，冒險橫渡曾經吞噬不知多少生靈惡名昭彰的「黑水溝」，隨船泛進了眼前的淡水碼頭。心裡頭只有一個念頭，努力打拚，趕快致富。就和普天下的出外人、漂泊者、流浪漢、乃至避難者一樣的心情。口袋裡則牢牢抓緊那紙故鄉的地址：「福建省泉州府南安縣廿四五都老翁山崇仁鄉仁德里邱洋境龍水吳厝」。

從唐山到淡水

這本百年前由這位「開台祖先」的曾孫，也就是我的曾祖所修撰的族譜線裝書，早已因年代久遠，轉手過度，或因保存失當而破損不堪。有些書頁不僅殘缺不全，凹折處甚至隨時可能剝落。而大約在三十年前，也就是念中學時期，有一天一群長輩不知討論何事，一塊兒在翻閱它，我才見識過一回。那時的心境可說好奇心多於思源，或者懷想。但這樣的記憶卻一直保存在我的腦海裡，尤其當中規定了家族中每一代的字行。不巧的事，如今族譜復現在眼前，卻獨獨落掉了屬於吳家排序第二十三代（我的女兒）字行的那個字！

這本百年歷史的族譜，就年代而言可媲美我書房裡的任何一本藏書。但對我個人言，它比起任何一本史籍巨構或者專書高論都彌足珍貴，因為它根本就是一本活生生的寫實集。記載了家族的支脈、我的血源，它就是一本我的歷史。但荒謬的是，實際上它只不過是一本生死記錄簿，活像閻羅王桌前的那本大冊子。它只極其簡略又詳實地記下吳家居台四代子孫的生生死死。而當你小心翼翼地翻閱那些殘破的卷帙時，不消片刻功夫你便可以走完這個家族的歷史。二百年的生死盡在紙上，讀來真教人愴然。記得每逢有家族長輩亡故，那個做「功德」的道士口中竟然可以朗朗記誦我們泉州老家的地址，為亡者牽魂回籍。這樣的信仰，這種體恤，相信不僅能安撫亡者，也讓在世的子孫多一分慰籍。而開台祖先文南公渡台時所攜帶的那紙地址，管它是查無此人，或謬誤不詳，對我們後世旅台的子子孫孫就像是一道永遠的符咒和歸宿。

當年這位年輕的「偷渡客」坐船駛抵滬尾港時（一七七四年），渡船頭前的福佑宮已略具規模。它面向比現今更蒼鬱的觀音山麓，敞開雙臂，廟門口迎向渡船碼頭。它撫慰著每個驚魂甫定的海上漂泊者，成了這塊新興墾殖地上唯一的信仰和護佑。當時那個二十四歲的男子，在甫登陸上岸之際，必定迫不及待地搜尋，在菩薩面前必定佇立良久，虔誠祈禱，甚至許下至今誰也不知的宏願。初期，他就寄居在遠房姻親位於當時漢人在此墾拓的郊界，即芒草茂生的竿蓁林的黃宅。在這塊土地上，當時必定還住有許多凱達格蘭平埔族裔。而在這之前的二、三千年，咸信還曾經住著被稱之為老崩山文化的原始部族。如今，大地依舊，人跡已渺。在我們已知的人世間裡，再次證明空間的恆久性還是勝過時間，朝生暮死的只是賴存在這塊場域上生生滅滅的萬物而已。此地的原住民除了留下一丁點兒供後人，尤其是考古學家把玩的遺物外，全都成了時間的過客。在這片如今已不再長有竿蓁（一種五節芒草）的土地上，某個台北的財團正進行整地，準備興建一個龐大的現代集合住宅群，以接納更多更多來自四面八方形形色色的「過客」。

冒死勇渡「黑水溝」

渡海之後，這位唐山壯丁必定戮力打拚，拚命學習。越四年，終於集足資本，溯河進內港（台北城）做起稻米出口生意。為了掌握生產資源，便在當時才開放墾拓不久的大加蚋盆地購地，興屋宇、建倉儲，並且墾地種植。再越六年，存足了「某本」，終能迎娶到黃家閨女為妻。因為在那個還是墾殖初期，且海禁嚴峻的時代，男女人口本就懸殊，娶妻本身就是一樁人生奢望。從此，這位拓荒者便決心定居台島，卸下唐山客的外衣，並由淡水過客搖身變成台北在地人。如今，隨著子孫的繁衍、家道的興衰，以及適應各種變更利用，只落得剩下座落在大安區龍安坡兩座並聯的閩南古厝。但其中的一座也擋不住都市規畫的強制，橫遭腰斬、闢為道路。怪手鏟去的不只是先人的血汗，而是那一分濃郁的鄉愁。它並將那份記憶趕進最深層的腦海裡，除非某一天不經意，在許多巧合的聚湊下，才又浮現。否則無論在任何時空，它就像許許多多被忘得一乾二淨的往事一樣，層層被封死，永不見天日。

所幸，我們家族留下了這本行將耗盡、化為塵埃的百年族譜，為我們這支

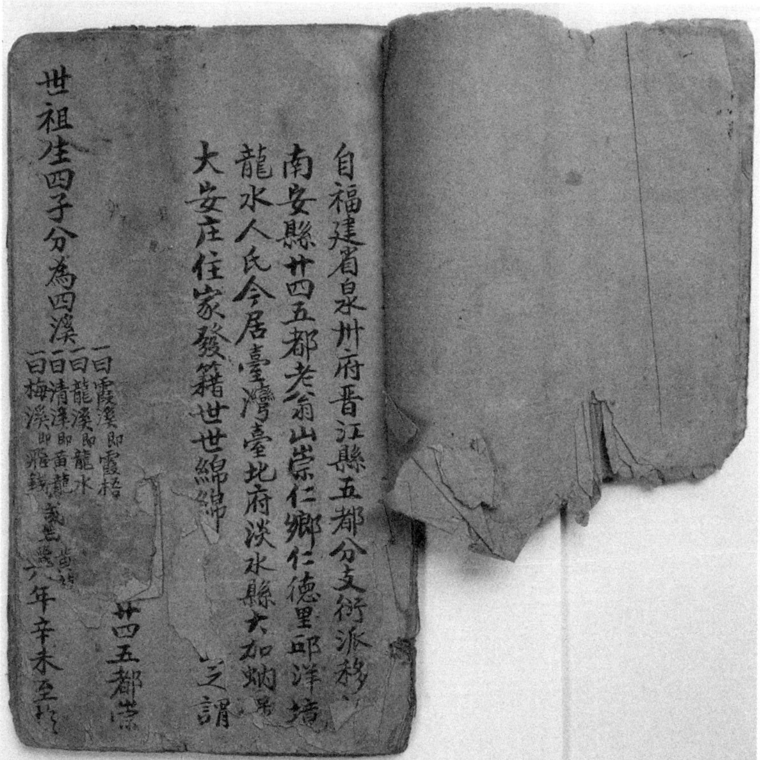

自福建省泉州府晉江縣五都分支衍派移
南安縣廿四五都老翁山崇仁鄉仁德里邱洋墘
龍水人氏今居臺灣臺北府淡水縣大加蚋堡
大安庄住家發籍世世綿綿　之謂
廿四五都崇

世祖生四子分為四溪
一曰霞溪即霞梧
一曰龍溪即龍水
一曰清洋即畜龍
一曰梅溪即雅錢
六年辛未至於

這本台北大安龍安埤吳家的祖譜是由我的曾祖父吳烏記增修。字跡工整的手寫稿線裝書，大約成書於 1920 年代。

渡台的家族多保存了兩百餘年前的記憶：

公懋字行，諱文南，生於乾隆十六年辛未，至於乾隆三十九年乙未登年二十四歲，初時，渡淡在滬尾山頂竿蓁林庄胞姊外甥黃炳董、黃湖、黃捷、黃蓋之處寄頓為人傭工，圖有微資，至乾隆四十一年入內港大加蚋轉謀生理，經商米出口，積有餘利，至乾隆四十九年甲辰，歷十一年登三十四歲，始婚娶黃氏閨名香娘，登年十六歲，為妻室，即建家內港大加蚋堡大安庄汴頭厝。……

道光十四年，先祖文南公先逝，享年八十有四。居台適巧一甲子。由於海禁依舊，終其外移台島六十年當中，想必亦未曾重返故土。而簡略的族譜亦未多做著墨，反而詳細記載埋骨台北東南郊墓地情形。是以推算，此時此刻，吾家先輩似已決心本土化矣！

去年，首次隨一群商界朋友前往大陸旅遊，巧的是就在廈門落地。廈泉咫尺，但因隨團行程固定，而未能前往先祖的故居憑弔，或認宗之類。泉州為中國著名古都良港，宋元時期乃全國最繁盛的對外門戶，且還被義大利旅行家馬可孛羅稱譽為彼時世界最大港口。但因地狹人稠，腹地貧瘠，幾百年來便身不由己地變成中國最大的僑鄉之一。年復一年不停地「輸出」青壯之士，航向陌生的大海。時至今日，海峽上方日夜仍漂泊著嚮往此岸的「偷渡客」。走在廈門市區，對於那裡的鄉音並沒有特殊的感受，只覺得全城上下皆通閩南語。唯閩南方言本就多腔，加以用詞早已迴異，反而一點兒也沒有置身原鄉故土的感動。

此回重遊淡水，時值正午，酷陽罩頂。行經濱河的下街仔，曲折的小弄古意盎然。唐山塑製的薄磚依舊朱紅耀眼，依然頑強地抵擋歲月和海風的侵蝕。眨眼間，人已轉進日式的別莊，木條和木柱皆已泛黑，倒是庭院綠意茂盛。接著又得拐進更狹窄難行的民國宿舍的小巷道裡。行走其間，不難想像當初人丁興旺、雞犬相聞的情景。此時，不消說行人稀少，屈指可數，走著走著便瞧見三五老人在一棵老樹下沏茶聊天。當中一位粗獷略嫌肥胖的歐吉桑，由於嗓門特大，大老遠便能聽見他海闊天空的厥詞。他們一夥吸引了我的注意，放慢腳步挪近靠向他們。幾句詼諧對話，頓時懾往我的心頭。對的！就是他們所說出的這種口音才是我的鄉音！

是的，滬尾曾經就是泉州人外移台灣的大本營之一，在此地甚至有個泉州厝，而我那位不識其容顏，不知其高矮的先祖想來就是操著這種口音登上這個北台大港。乍聽如此親切的鄉音，必然令他安心不少。也大概因為言語無礙，鄉音繞耳，才減輕思鄉之情，而決心定居台島。如今，海峽兩岸因政治隔閡何止百年，鄉音早已改矣！尋尋覓覓，卻在淡水老街的大樹下話家常裡找回。

穿越時空，遙想當年

旅行可以尋幽探勝，也能憑空想像，營造某些驚喜；也可以是一種悲憫滄海桑田、世事變幻莫測的痛苦之旅；也可以教人觸景憑弔、萌思古幽情。但這些都是當事人置景物於度外，或者文人雅士刻意去觀照。一旦你發現在某個時空下，與這塊相同的場域有了某種直接的關連，那麼你對這些景物，乃至歷史的態度，必然會和我此刻與淡水小鎮的關係一樣，變得更為寬容、更加體恤。像是一種怯生生，但又熟悉、溫暖如水乳交融的感觸。

1978 年大學畢業，校園巡禮遊行。我因擔任班代，舉牌走在系主任李哲明後方，行經宮燈教室。

二十年來淡水的變化大矣！老屋古厝垣倒梁損，或鏟平、或廢棄、或闢建道路公所。樓台高矗，人潮熙攘，小鎮的空間更加壓縮了，幾條老街也接二連三的變了色澤。不！此時此刻的淡水早已花容失色！那條不知承載了多少命運，浩浩蕩蕩的淡水河早已不復存在，它的體內被人粗暴地埋下綿延數公里的粗大汙水管。它的血脈亦遭汙泥和垃圾公然占據，就曝曬在河水面上！海風徐來，熟悉的氣味早已換成陣陣撲鼻的惡臭，教人既傷心又難受。人們此時還計畫在它的出海口興建大橋（按：淡江大橋預計二〇二四年九月完工）、整地造市，大興土木。

旅行在外，我一向愛看廟宇民宅、街衢巷弄，而儘可能避見公所建築、或著名歷史古蹟。二百餘年前我那位不識其真面貌的開台祖先眼底下的滬尾外港安在？甚至三百年前第一批漢人移殖登陸時的光景又是如何？看來只有交給江風明月才能訴個清楚。

不過，渡船頭的接駁坡道依舊，二百年來似乎都沒有改變形貌。踏步其間，似乎還感觸得到先人走過的那股溫熱，四周還迴盪著那熟稔的腳步聲及親切的鄉音。觀音山巍巍矗立，天穹下輪廓依舊那樣肅穆，那樣楚楚動人。秋季或者暮靄時分，淡江落日依舊壯麗，扣人心弦。是的，但這一切似乎都必須具備一顆寬容的心和想像。指南巴士換成了冷氣車，馬力似乎減弱了些，但新生代的運將依然懂得承襲傳統，如拚命三郎似的使勁駕馭著。北淡線的綠色小火車早已收起鳴笛，代之的是湛藍的溜煙，捷運車廂是那麼空蕩輕巧，彷彿幽靈般悄悄地從你身旁飄過，並且與四周的景致格格不入。倒是大度路變寬了，要不是兩側被人堆放廢土，高過路基，或許還能回想起些許早年的風貌：以追風的速度，放眼綠海，作排山倒樹之勢，馳騁其間。

總之，〈淡水暮色〉的時代早已無福復睹，代之的是〈流浪到淡水〉那種後現代吶喊。如符咒般的廣告歌詞正傳遍全台，也飄盪在新淡水的大街小巷。只稍你下定決心再走一趟淡水，必定會發現，在這裡時間居然追趕不上改變的速度，以及渴望改變的人心。人們興沖沖、急忙忙從四方趕到這裡；個個又加緊腳步迫不待地想踏過這裡，衝向另一個陌生的渡船頭。唉！你我都是流浪到淡水的過客！

（一九九七年十二月）

北投紀遊

台北城裡土生土長，匆匆數十寒暑。每回到北投，不管孩提時隨祖父前去，抑或是青少年時期偕父親同往，或大學時代騎機車遊北海岸路經陽金公路，或者初出社會前去實地採訪報導，或與三五好友泡湯聚飲，或買醉，或者與幾位熱心人士組成北投公園社區親子活動，或攜眷探友……，每次心底都會浮現前去「郊遊」的莫名興致及歡愉。

的確，一九六八年之前，這個北台灣名勝、全台第一溫泉還稱之為「北投鎮」。台北市為擴大都會區，硬是將它給併入，並降格為「北投區」。相較於過去台北其他市區的火熱發展與更新，北投這個三百年前還曾是凱達格蘭原住民的番社（「北投」意為「女巫」，漢人音譯為「八頭」、「八投」、「北投」），距台北火車站十二公里遠的小鎮，依舊不為所動，緊緊地守住昔日風貌。沒有一日三跳狂飆的房地產，也就沒有什麼華宅、「陞廈」之類的高樓大廈，或者花園新城、台北華城那樣門禁森嚴的豪華社區。相反的，由於不符合都會化、現代化、及速成化的基本要求，以及受廢止公娼的影響，這個在日據時代早已名聞遐邇的「溫柔鄉」的名號也拱手讓人，交給了市中心松江路、長春路及林森北路一帶的「特種營業區」。因此，反而一度變得挺蕭條的，行走在幾條老街衢上，甚至還會感受到些許的落後。即便一九九六年三月北投線恢復行駛，改採現代捷運，十餘年來也沒多大改變，北投人習慣了安靜，還一起請願要求市府撤掉「新北投支線」。直到最近，才兀自在北投捷運站旁冒出幾棟興建中的超高大樓。

北投依舊聞風不動，且於沒有太多的工地及鷹架，沒有太俗麗或後現代光怪陸離的屋舍，整座山城小鎮依然能夠流露幾分靜謐及安詳。夏日的雨後，冬日的雲霧，尤其透露出它的靈氣，宜人的景致似乎給保留住了。在那裡，地理的特殊性「戰勝」了時間，也拒退了現代性。在那兒，細心的訪客輕易就能發現許多歷史痕跡，產生思古幽情，也較輕鬆就能呼吸到四處飄蕩的硫磺味。

來去北投逐磺味

事實上，正是這股硫磺味嚇跑了許多沒有雅興的人們，以及那些永遠如熱鍋螞蟻般盲目追求熱鬧的新新人類，因為他們似乎總少了一分耐心，去等候硫磺對人體的正面影響。明朝人李時珍在其《本草綱目》記載：「溫湯有處甚多。……」，以及翠綠欲滴的秀麗峰巒對身心的益處。只可惜台北市主計處沒有針對各區住民的平均餘年做統計，否則北投人的平均壽命應可名列全市高齡前茅！人們最常聽到的說法，就是歸咎於那股永遠

經過多年的努力及説服，2017 年新北投火車站終於回到娘家，它給小鎮增添更多的歷史感及文化空間。（2021）

揮之不去的硫磺氣味對現代化設備，尤其是電子器材的殺傷力。

這股硫磺氣味，辛熱微毒且襲人，但對人體並沒有構成可怕的傷害，除非湊近猛吸，才會有嗆鼻的臭味。否則，偶爾聞來，反而會有一種溫馨，且令人神清氣爽的感覺。如果說每一個城鎮都有它特殊的氣味，那麼北投大街小巷終年飄散的這股硫磺味，尤其是熱氣騰騰的溪澗兩側，或夜晚時分，或陣雨過後，以及從高處樓台展胸舒肺之際，更為明顯，更教人懷念不已。更會令人油然生起前去散心，讓人興起「郊遊」的閒情。

翻開史冊，整座北投，包括新北投公園各處公私溫泉浴場以及一九一六年接通北淡線火車（後者已早於一九〇一年通車）等等規畫，就是要將北投做成一個溫泉休憩區。也難怪，近百年過後，小鎮依舊嗅得出那股濃郁的歡愉氣氛。想來也不覺莞爾，人類的記憶真能透過氣味給保存下來！

此地有溫泉，浴之氣爽然；
盪胸忘俗慮，酣夢傲神仙。
身淨如無物，心澄別有天；

松濤應一醉，風詠邁前賢。

這是出自日據時代台灣詩人洪以南的詩作〈北投雜詠〉，可說道盡了溫泉浴的奧妙與舒暢。我生平頭一遭見識到溫泉浴，可溯至念中學時，隨父親到他居住在頂北投山上的結拜兄弟家中作客。先是從台北搭火車至新北投車站，那是一座非常古樸的八字型建築，兩側是鐵軌，中央為月台，四周中空，由數根漆成暗綠的鐵柱撐起灰瓦屋頂。只記得它永遠都是那麼清爽乾淨，不似一般公共場所的髒亂。一九八八年七月十五日北淡線火車因營運不佳停駛，整座車站即遭拆遷，運往彰化花壇的台灣民俗村陳列。如此流落他鄉，總比毀在怪手之下來得好些。此外，我們也可以跟自己的記憶做個交代：總有一天我會去彰化看它的！（按：新業主日榮資產公司同意將這座火車站贈與台北市政府。二〇一七年經過整修，選在捷運新北投站右側七星公園重組，並安置一列淡水線普通客車。二〇一八年開放供民眾重溫回顧。）

然後，再轉搭公路局汽車，爬坡走上泉源路，翻過山嶺，豁然開朗，眼前一片綠油油的梯田和翠綠的山谷。路旁植有許多蒼勁的大樹。過後不久，便

北投盛產硫磺，硫磺谷終年冒煙。因硫磺可製成砲藥，清廷特派人前來考察。今規畫成遊憩場所，可煮溫泉蛋。（2021）

瞧見山坳底下，地底不斷冒出縷縷白色氤氳。緊接著，一陣陣嗆鼻的硫磺味迎面撲來，那裡就是著名的硫磺谷。

清末福州閩人郁永河便是衝著此地硫磺礦的開採而前來實地考察，並寫下《裨海紀遊》，它成了台灣史料中最早，也是最權威的文獻之一。郁氏於一六九七年渡海前來探查，他寫道：「望前山半麓，白氣縷縷，如山雲乍吐，搖曳青峰間。」稍近俯視山谷，磺穴四周礫石藍靛，且多鮮黃，草木不生，地熱如灸。三百年前這位唐山遊客又寫道：「造化鍾奇構，崇岡湧沸泉；怒雷翻地軸，毒霧撼崖巔。……」如此驚悚的感歎詩句。然後，又拐幾個小彎，山腰路樹更見蒼綠。停車水廠前。此水源地號稱北台灣最佳湧泉，惜腹地狹窄無法設廠提製礦泉水。循山壁扶石階而上，百來步即見一大樹。樹底隱約可見一曬穀埕及一閩南農村宅落，面向圓滾滾的紗帽山。雞鴨家禽自由自在，或奔馳追逐其上，主人親切相迎。

稍事休息，父親便提議前往對面山谷（即鳳凰谷）公共浴室泡澡。父子倆便再拾級而下，走一段公路，乍見岔口，然後左向隨小徑遁走。約莫一刻鐘，抵谷底，熱氣襲人，有一溪澗流經，其聲隆隆。沖積沙地甚為平坦寬廣。但見一座水泥長型建物，如公廁分男女兩廂。內挖一池，水氣沸騰，溫湯無臭且透明，略呈淡綠，是日本人所稱譽的上等「鐵乃湯」。據稱，其質地遠勝同屬大屯山系的草山溫泉。

此地溫泉最早由德國人烏埃禮（Ouely）於一八九四年所發現，唯隔年台灣即遭割讓，轉由新統治者去開發。儘管日人用心經營，將北投溫泉建設為「全台第一泉」的遊憩景點，但這一切只是滿足殖民者的需要而已。也難怪

「特權」如詩人林景仁者（板橋林家林維源之孫）仍借題托諷：「遙望黃埃起，紛探丹井春；熱中殘客屐，忙裡達官輪。」以及「肥婢日承澤，狂且每涉溱；握樞驚炙手，投鑊笑忘身。藏垢斯為最，趨炎大有人；同流寧汨沒，卻步屢逡巡。……」如此悲悵的詩句（見〈偕五弟游北投溫泉口占十四韻〉）。如今台灣主權易手，國旗易幟，匆匆半世紀矣，重讀此詩，恍若時空錯置。唯這正是台灣開發的史實，任誰也不能塗抹。

北投泡湯初體驗

褪下身上衣物，沐浴一番，然後入池浸泡，這可是我父子倆頭一遭，也是僅有的一次共浴。父親還多盯了幾眼我那初生細毛的下體。泉水滾熱，不消片刻早已汗珠淋漓，虛脫不已。之後，拖著疲憊的身子又拾階而返。一頓豐盛田野大餐後，便上床呼呼大睡。夜半，居然發現自己渾然忘其所地夢遺了。醒時，實在尷尬萬分。這便是我與北投溫泉的「第一次」接觸。

事實上，早在這趟父子行之前，在我念小學之際，即經常隨祖父上山。只是祖父不好此道，從未攜我泡湯，且也從未在那兒留宿過夜。記得有一回，從台北的龍安埤老家出發，走信義路搭上20路公車，那時舊式的公車空曠無比，根本沒有現今的雙排橫座，只在兩側安裝木條座椅而已。我個子尚小，還搆不著頭頂的套環，加上司機急性子，我們祖孫倆還來不及走到車尾的空位坐定，便來一個緊急煞車。頓時，就見我倒仰個正著，像圓球般連滾帶爬了幾回，直接撞上司機座椅後背。當時我必定驚叫哀號，只見祖父二話不說，一等司機停住放穩，便一個箭步，一手揪起年輕司機胸前的衣領，另一手便毫不客氣的飽以老拳。弄得司機錯愕不已，其餘的乘客也各個驚慌不知所措。最後還是在幾位乘客合力勸說下，祖父才罷手。等我們祖孫確實都坐定了，那司機才訕訕然重新發動車子。

祖父塊頭不大，但全身上下肌肉結實，不因年邁而鬆弛。夏日總是一襲舊式汗衫，半筒的唐式七分褲。裸裎的肌膚散發著一股溫熱的氣味，冬天很少見他穿過毛衣或外套之類的厚衣裳，至多只添上一件襯衫而已。他是家中老大，十六歲便得出門學做生意，養家糊口。特別是他的父親（我的曾祖父）年少時即染上毒癮，是個典型的「鴉片仙」。不但不事生產，一輩子下來也幾乎耗盡

北投現存最古老的大眾浴池，始建於 1907 年。當時日本皇太子裕仁曾到此參訪。2017 年重新整建，多了點兒現代感及舒適感。（2021）

了大半祖產。而我的祖父也就菸酒不沾，獨力承擔起一家生計。後來在他叔叔的慫恿下，賤價變賣了一大片田地（即今一整片大安高工用地），隨他到日本做青果進出口生意。但終因時運不繼，加上祖母堅不肯渡海東瀛，草草便結束這場商旅。

數年前我到東京開會，還專程坐火車到橫濱港，憑弔一下當初祖父登岸的場所。最後，祖父毅然決然攜眷離開大稻埕老家，來到尚且保住的龍安埤一畦田地，興屋建舍，並種些稻米蔬菜自給自足。農忙之餘，就到樺山貨物驛（即今日北平東路一帶，一九四〇年建成，取名樺山，係紀念第一任台灣總督樺山資紀，光復後改名為華山車站），充當臨時工（即苦力）。想來必得相當孔武有力才是。之後，儲資購置了一輛三輪車，幹起車伕這個勞力行業。記得孩提時，每天傍晚時分總會等到祖父駕著那輛暗綠色的三輪車停進院子。圓錐流線的造型，像極了兒童櫃裡的玩具。坐上車內的軟墊，真有一種說不出的高貴和舒適。但永遠在前方使勁踩踏的祖父卻無福消受。直到我小學畢業，他才因體力不濟而退休。

祖孫同遊北投

祖父一生沉默寡言，一輩子生活的重擔早已壓得他喘不過氣來。自然也就是一副不苟言笑的嚴肅表情。不過，他對子女卻呵護有加，從未厲言相向。還堅持將自己的子女，不分男女，皆送進公學校就讀。因為父親結識住在頂北投的這位摯友，閒來無事他才經常攜我上山。一則出遊散心，另則可以順道帶回一些山產，譬如：無比碩大的紅皮蕃薯、高山甘藍菜，或者整簍的桶柑、野放的土雞等等。而我總會望著這些「珍蔬異果」目瞪口呆良久，心底流著一股豐腴的充實感。

之後，父親因習醫，略通化學，便興起與這位山友合資培養草菇。山上農家前方空埕右側較低處搭起了好幾間稻草寮，裡頭是一層層的菌架，永遠潮濕溫熱，有各式大小圓不隆咚的白色小草菇，看得令人出神且眼花撩亂。至今我都還記得，走進寮內那股濕熱發酵的氣味。後來不知何故（可能是貨流出了問題），沒多久便草草結束。不過，這段時期便是我隨祖父最常到北投的日子。可能是家族血液裡流著做生意的基因，種菇不成後，在公家醫院上班的父親又在自個家前方菜園搭寮種木耳。好幾輛中型的貨車運來一人高、雙手合握大小的相思樹幹，或者不知名的大樹頭。然後，打洞填進菌粉，塞妥密封後早晚勤淋水。這些活兒就由祖父一人掌理，大哥和我便成了現成的童工。過後不久，又改行做炸蝦仁餅，整個老家的院子頓時成了加工廠。後來乾脆將半個院子租給木材車只加工行，用微薄的租金來貼補家用。不過，老家自此便不再安寧，刨木機器的噪音竟日吱吱作響，木屑塵埃滿天飛。雖然這些家庭副業皆沒能做出什麼名堂，但卻給我的童年平添許多鍛鍊和回憶。

祖父生於清光緒二十三年（西元一八九七年），此時台灣已割讓日本兩年。他生來就註定要當「日本人」（不過祖譜上還是採大清曆算，而不是「明治三十年」）。記憶所及，他一輩子從未向我們說過日本人的好，或者懷念日治時代的種種良政。只記得聽他說過日本時代治安比較好，以及舉過幾個路不拾遺的故事。小時候，在衣櫃裡曾看過一張他年輕時（大約二十來歲）師事一位日本師傅的照片。他畢恭畢敬地站立著，表情虔敬又嚴肅。而那位日本師傅著日服，威風八面地端坐著。當時正受國民政府反日教育的我，根本就不想去追問那張照片的底細。反而是父親無意間曾提到，大陸國軍進駐台北時，我們老家，還有緊鄰的一座四合院（伯公他們家），差一點兒就被軍方貼上公告，徵用做為臨時軍營。

祖父最終還是以「中國鬼」的身分，於民國六十一年結束他在人世間的生命，享年七十有五。在他突然中風的前一天，還老當益壯地幹著活兒。那天傍晚我剛從學校放學回來，與他擦身而過，看他雙肩挑起少說也有百來斤的水肥，正要穿過馬路到對面租來的菜園澆灑。

頂北投水廠邊的階梯，扶階而上便可走進一農家，記下我的北投初體驗。（2021）

第二天（那是個農曆十月的初冬）大清早四、五點鐘，祖母喚他起床，見他口吐白沫，不省人事。驚慌地叫醒一家大小，並立刻要我衝到五、六百公尺外的傅內科請大夫出診。我使勁地敲打診所大門，卻始終沒人應答，失望至極，又火速折返，父親已先一步將他送往城內的台大醫院急診。等我放學趕到醫院，看他依舊不省人事，院方勸說將他運回家裡「等候」。他真的多等了兩天才走，直到遠嫁到高雄的小姑姑哭哭啼啼地趕進門，才嚥下最後一口氣。此時祖母似乎已經做好心理準備，斷氣的當會兒見我傻愣愣地立在一旁，還斥責我一番：阿公這麼疼你，人死了你也不會哭一哭！說真的，直到現在我還是覺得沒有必要為棄世的阿公哭泣，因為我知道他的一生太辛勞了。而我那時正學到「生為勞役，死為安樂」這句話，也就真心祝福阿公終於脫離苦海。

他的一生幾乎沒有任何娛樂可言，粗茶淡飯過完一輩子。唯一的樂事，我猜想就是祖母親口告訴我的，但他本人從未向人述及，那就是一九四五年五月，年近半百的他居然三更半夜頂著空襲警報歇斯底里的嘶嚎，爬到屋頂坐在脊梁上，極目張望遠處美軍戰鬥機轟炸城內（今博愛特區）的火光四射，並瞧見台灣總督府（今總統府）的巨塔在眼前著火……。是的，能夠目睹這個歷史時刻，也夠他打從心底地開懷吧！

總之，我的存在是祖父所賜，我的童年是依傍在他的跟前成長，我的北投記憶及遊興是隨同他的出遊而起，然後是父親、溫泉浴……。北投的溫泉應當仍舊會在這片向南的山坳地底涓涓流動，又沽沽作響。俟水氣飽滿，選個清幽空曠的好場所，冒出來見見人世間的萬萬物物。這樣的好山好水可能越來越少見，越來越難覓。但好在有個國家公園保護區，提醒我們珍惜資源，世代共享。北投小鎮的溫泉香應當還會繼續四處飄蕩，又不時喚醒人們心底的記憶，直到永遠。

（二〇〇七年五月）

育嬰偶記

最近初為人父，中年得女，且還是千呼萬喚得來，外加不斷哄騙嬌妻的結果，內心的滿足不言而喻。一位好友到醫院探視我們一家人，相當權威且一副先知模樣地說，養個小孩可以彌補自己出生到五歲的記憶。是的，在我自己這五年的記憶當中，只記得四歲多時因與堂弟衝突，動手打了他，之後在大人的譴責下，一個人不顧外頭昏暗的夜色，離家出走待在田陌的情景。不過，話又說回來，當嬌妻被推進手術房時，在外頭守候的我還是挺焦慮地踱步，心裡頭還盤算寧可生產不成，也不要失去這位與我相廝守十四年（外加婚前試婚一年餘），時常頂嘴吵鬧的嬌妻。畢竟，此時我與那個小生命除了血緣之外，並沒有半點共同生活經驗，乃至情感。如今，已五十餘天了，心態上也沒多大變化，因為這當中除了繼續與產後的嬌妻爭吵外，還外加為了照顧小生命所付出的辛勞和夜復一夜的失眠。

新手爸爸

但這個把月來，為了照料這個脆弱的小生命，卻讓我想了很多，不僅想（假想）起四十年前的我，也讓我想起那皆已往生的爹娘和祖父母。打從我懂事有了記憶，都未曾想過，我是從這樣孱弱無助的小生命中成長出來的。那時若沒有父母、阿公、阿嬤辛勞的呵護，是不可能有我這個壯碩的軀體，和做為人的一切智力與意志。而四十餘年來，我都未曾想到，甚至連在腦海裡浮現過這樣的念頭都沒有。

總歸是不經一事不長一智！在這段初為人父的時間裡實在想得多了些，也感觸深刻了些，我便興起念頭，想替我的女兒記錄一些她無法憶起的記憶。於是我幾乎每週替她攝影，替她編製寫真集，還買了本筆記簿，以她的口吻記下她所無法體會的感官世界和外在變化。因為人家說，做父母的通常會將自己的過去所沒能擁有的，讓子女早早就能享有。

1997 年替女兒辦收涎，宴請至親好友。背景為即將夷為平地的故居。

回憶當年

反觀我的童年記憶，除了上中學的頭一天和弟弟在老家巷口的樹籬下合影外，就是一張在嬰兒竹車裡吃著龍眼果，和大我三歲的大哥合影。以及一張最令我珍惜的，就是一位二十來歲表情有些僵硬的少婦，右手抱著一個胖嘟嘟但眉睫深鎖（因為太陽光太強烈之故）未滿周歲的嬰兒。是的，那個幼嬰就是我！那個抱我養我育我的女子就是我的親娘，但三年前她卻死於病魔的蹂躪，無聲無息地離去。天人永別之際（之前我們皆已有了心理準備），我只有在病榻前，對著深度昏迷的她，用手指壓她的腳掌，盼望透過一點兒母子同心，默默地提醒她勇敢的去面對另一個往生。只是，我還記得，最後她決定賭命一搏，再開一次刀時，手術的前夕，她還要求到醫院地下樓去清洗梳理頭髮，回來時，我剛好趕去看她，看她孤伶伶的一個人，在空無一人偌大的二等病房裡，望著窗外的屋瓦和遠山，然後一生酷愛熱鬧、喧譁的她突然靜靜地對我說：好靜喔！是的，媽媽已經預見了死亡後的寂靜世界。

以現代人的平均壽命看，媽媽過世時才六十有六，算是早走了些。但比起五十七歲就蒙主召喚的父親，她可說多活了十年。所幸除了病痛，這十年她還算活得美滿。父親（她的養兄）雖然不在，但母親生命中的那位第二個男人黃先生便搬來我們住家附近，尤其母親住院期間，更是由他就近照顧。起初，祖母很不以為然，但念在這位「歐吉桑」待她恭敬又客氣，又肯備湯奉藥的伺候她這位視同己出、養了六十餘年的養女（童養媳），也就默默接納了。

相較下，我那位在公家醫院擔任放射科醫師的父親就歹命了些。他一輩子木訥寡言，唯一的歡笑就是喝幾杯小酒，放鬆緊繃的肌肉，逗逗鄰家的小孩，或和幾位經常出沒的摯友暢飲後，吟唱起幾段日文流行歌曲（不過這情形是極少見的）。個性節儉成癖的父親絕不會輕易做出任何無謂的浪費，乃至情感的發抒。母親離家出走，對他的打擊應該很大。但他也絕少跟我們提起此事，就只一如往昔上班工作，默默扮演好家庭支柱的角色。他們倆從小一起長大，然後結婚生子，但始終「相敬如冰」，渾然如兄妹之情。印象中也絕少見到他們說上二、三句話，更遑論鬥嘴和吵架。父親就是那樣逆來順受，又忍氣吞聲。後來，在大姊橫遭姊夫的幼年玩伴，因失意或因家庭失和或因小小金錢糾紛，於酒後當街刺死後，母親自覺內疚，也就搬回來和一家人同住。

1954 年，母親與我。母親時年廿六，已是四個孩子的媽媽。她是童養媳，從小朝夕與父親一起長大。個性外向，應是第一代紡織工廠女工。

直到父親因車禍不久，又飲酒過量，染上猛爆性肝炎而一命歸西。那時我還在法國拚命寫博士論文，大清早刺耳的電話鈴聲裡，傳來大哥驚惶急促的噩耗。接著，母親接下話筒，頭一遭聽到她無助的嗚咽，喚著我的小名。這位與她一塊兒生活了半世紀多如兄如夫的男人遽然撒手人寰，多少讓她覺得失去了某個依靠。總之，一輩子溫順和善的父親留給我的，就只有愧疚於無法回報養育之恩。相較下，我較多承襲了母親那種不服輸、力爭到底的性格轉化。

憂鬱童年

記得母親離家出走那段時間，我才小學三、四年級，每天幾乎都是噙著淚水和怨嘆，帶著小我三歲的小弟一塊兒上學。放學時，則早已忘得一乾二淨和同班同學一塊嘻笑回來，直到走進那間貧窮又憂鬱的家。在那裡，雙腳因風濕開始有點不良於行的祖母代替母職照料一切。那時，母親偶爾偷偷跑去學校看我及弟弟，噓寒問暖，並帶來一些好吃的東西，彌補一下做為人母的歉意。有一回，適逢下課，遠遠從龍安國小樓上教室走廊瞧見她進了校門，那時我擔任班長，便吆喝同學幫我擋住，好讓我躲在小小的課桌下拒絕見她。母親一定看到我的舉動，內心必然難過。

那時的祖父因體能已不及往昔，在祖母的勸說下，便不再去幹職業三輪車伕，向鄰厝的蕭家商借一塊被劃分為公園預定地的荒地來開墾，重新幹起農夫，播種一些蔬菜。而我則必須利用課餘隨他一塊去學種菜、施肥和定期的澆灑。最後，這片畦地竟可以種出為數可觀的青菜，並且拿到市集裡去販賣。而每天清晨，祖母會拄著一把凳子拖步來到我們的床前，搖醒我及大哥（那時弟弟還太小）前去菜圃幫忙採收，星期假日上午還得一塊去菜市場叫賣。那時我個性內向，根本恥於叫賣及喊價，只在一旁幫襯的份。

那時我在學校成績一直名列前茅，十足安慰祖父母的心。但我尤其擔心學期末祖父拿著我的成績單到左鄰右舍的親友家去炫耀，通常害我有好幾天不敢踏進他們的家門。記得有一回午飯後，祖父看我乖巧，問我喜歡阿爸還是阿母？對於這樣的難題，我心裡根本就沒有答案，也最恨人家這樣問我。我大概很技巧地搪塞了一下。祖父想必又心酸又慰藉。想著他這麼一手養大又疼愛有加的養女（也是在祖父的堅持下，母親才每天大清早，老遠走田埂路到大安國小上

左邊為大我三歲的大哥，背景是老家前的平房。

課，並順利畢業）竟然叛夫棄子，連他們兩個老人家也不顧。有的，只有在祖父因中風彌留之際，母親不知透過什麼管道得知，曾經回到家裡善盡一下人子及媳婦之職，但過後，某個大清早，開衣櫃抽屜及窸窸窣窣的打包聲吵醒了我，一向早起慣的我只有繼續假寐。母親要走，怎樣也留不住！

我的大姊大我七歲，個性活潑好動。念完初中就去台北青年公園高爾夫球場（一九五三年設立）當桿弟，也在那兒認識了未來的姊夫。記得小時候看過一張八、九歲的她，背著我逛街的照片。有一回，我們四合院遭小偷潛入。三更半夜突然聽到客廳打鬥及喊叫聲，全家乃至街坊上下全被驚起。原來那名竊賊拆下後窗的鐵欄，爬進屋內。驚醒隔房的父親，及睡在另一頭房間的祖父。二老合力將他制伏，拖到大門外的空埕。此刻左鄰右舍的親戚全都湊過來毆打小偷，一邊派人到一公里外的派出所報案。只見這名竊賊自知做了壞事，悶不吭聲地承受痛毆。此時穿著一身亮麗的大姊，才剛剛從巷口踏著輕快的腳步走回家……

懷想阿嬤

在我的生命中，伴隨我最久，照顧我最多的女人便是我的祖母，直到我三十五歲，回淡大教書的第三年，才以八十四歲高齡安詳地離開我們。她本姓詹，生於南港，本來過繼給三張犁的陳家當童養媳，因養父疼愛，養兄視之如親妹妹而沒有完成這樁理所當然的婚事，卻嫁到更接近城內的吳家。她塊頭圓滾，一雙天足，不似我的外祖母被纏了足，體格輕盈飄逸。據她說因為年輕時生了太多孩子（存活了六個、死了三個），又沒做好月子。有的孩子還是自己動手生下來，沒隔幾天就得下田料理一大票幫傭的飲食，所以晚年患了風濕，最後兩腳根本無法使力，只得靠移動凳子行動。我曾經自法國買回一雙輕便的拄杖給她，但她的雙手怎麼也撐不起那八、九十公斤的體重。

祖母就是這麼一副福福泰泰的模樣，年輕時應該十分幹練，否則如何扛起這個龐大的家計。她記性奇佳，心算更是一流，多少年的往事，尤其是大哥因在外揮霍賭博向她周轉的零錢，在她七、八十歲時帳目依舊記得一清二楚。但她卻只是個目不識丁，不懂簿記的老婦人。若不是幾十年前做會頭，被一個

1967 年考上仁愛初中開學日，與弟弟合照。掌鏡人是我父親。

外地人給倒會了，相信她對人會更寬厚、活得也會更有信心些。還有，祖母非常溺愛她的老么，也就是我的「屘叔」（而他只比我大姊大兩歲而已）。而偏偏這個叔叔生性頑皮，而她又開始行動不便，三餐或天黑要喚他時便使出她的大嗓門，經鄰居的親戚形容，那聲音既急促又淒涼，連百米外的街上都聽得清楚。幾年前我南下辦事，順便可以去探望叔叔一家人，祖母還偷偷塞給我二百元，要我帶去給小堂弟，並叮嚀我往後得多多照顧這位跟他父親一樣頑皮的小堂弟。

當初嬌妻受孕，適逢大哥搬家整修房子，我們一脈的祖先牌位就暫住在我樓上的書房，可能列祖列宗們體恤我的期待，讓嬌妻同意生育。如今望著彌月不久的小女，喚起的不僅是我的幼年，而是一張張先人的面龐：媽媽的黠慧、祖母的大嗓門、父親的溫順、祖父的孔武有力……。台灣俗諺有云：「育兒一個，說謊三年。」為了記起我的幼年、我之所從出，扯個謊，或聽聽謊言又何妨？

（一九九七年七月）

草山踏青

每一座偉大的城市都需要有一座山丘庇護，如此才能讓這座城市更為穩固，也更富生機，甚至更為厚實。很多歷史名城都是依水而建，因為水是人類最基本的生存需求。不過，若能同時擁有山，也擁有水，就不多見了。台北算是幸運的，因為它有一座陽明山。

一位學建築的捷克年輕網紅，來台灣交換學生一年，就愛上這兒。他抱怨捷克沒有山，布拉格市只有一條河（Vltava，易北河支流）及一些城堡，結果就是看不出這座首都的層次。另有一回，負責接待學校姊妹校來訪的校長，安排他參觀外雙溪的故宮博物院，然後驅車遊歷陽明山，再繞行北海岸，然後折返淡水。這位法國校長驚羨地說道：全世界幾乎沒有哪一座大城市，可以在一個小時內看到海，又能走進國家公園！

初登草山

陽明山又名草山，但始終不明白為何稱它為草山。遠遠望去，整座大屯山脈也都十分蒼鬱，處處見得到森林。記得念初中時隨學校童軍團校外露營，營地就是「陽明山森林公園」，那兒有許多參天大樹。後來看了陽明山國家公園管理處的簡介才明白。原來清朝治理期間，為防阻不法分子盜採當時頗為珍貴的硫磺，圖利或作奸，官方一年要放火燒山四次。所以大樹燒盡，小樹早夭，整座山頭只留下短命的芒草。故彼時被人喚做「草山」，尤其幾處硫磺口附近，幾乎光禿一片，看不到任何林相。後來草山範圍擴大，泛指當今大屯山、七星山、紗帽山、小觀音山這一帶的山區。

陽明山地質由火山岩和沉積岩所組成，山區多處有火山獨特的地質地形景觀，地層蘊藏豐沛硫磺溫泉而遠近馳名。早在距今二、三千年前，即有人煙遺跡。在漢人大量移入前，北部平埔族群祖先、十三行文化地原住民即以大屯火山群為獵場，除了狩獵和採集，也開採硫磺礦與華商、西班牙人、荷蘭人進行交易。清康熙年間福州知府幕僚郁永河（一六九七年）專程前來採集製造火藥

七星山步道，登高遠眺，暢快無比。（2022）

的原料硫磺。足跡達北投大磺嘴硫氣孔區（今龍鳳谷）。寫了一本採硫日記《裨海紀遊》，是描繪十七世紀末的台灣風土民情最早的文獻。漢人約在清乾隆年間逐漸向大屯山群移墾。

日本統治台灣以後，亦特別看重此地天然資源，將它視為「台灣的箱根」（東京近郊的名勝區），積極開發利用陽明山地區天然資源與景觀，包括開闢周邊道路、登山步道，及闢建公共浴室。一九三二年成立大屯國立公園協會，將大屯山地區列入「國立公園」的範圍。先是廣植樹木，保障水源，之後溫泉旅社、俱樂部大量興起，溫泉產業逐漸發展，此地成為台北仕紳與民眾舒展身心的場所。

一九四五年國民政府接管台灣，也大致保留日本人已經營的原貌。一九五〇年蔣中正總統為避免因居所位於「草山」而被指為「落草為寇」，將草山改名為陽明山，以紀念他所推崇的明代思想家王陽明。一九八五年九月，經過多年規畫後，內政部成立「陽明山國家公園」。自此，陽明山脫胎換骨，成了更能親近的山林、北部的天然生態寶庫、台北的後花園。早年，國民政府就地規畫，整治日人開闢的前山公園，又增闢陽明山公園及花鐘景點。過去很長一段時間，此地一向都是台北市民休憩的最佳去處，尤其是賞櫻花季，人潮絡繹不絕。目前，陽明山花季已有些式微，主要原因是花種單調，缺乏設計新猷，加以別處櫻花景點後來居上，更為花團錦簇，而失色不少。

念專科時期，曾與一群同學騎機車遊北海岸，繞道陽金公路，接仰德大道，走過一回陽明山，但並沒留下太多印象。只記得下山的公路頗為陡峭，騎得特別小心翼翼。的確，迄今這條風景優美的山路還不時有車禍發生。一九六九年九月十六日，老蔣的車隊在返回陽明書屋官邸的途中，在永福路段也發生撞車事故，折損了他已年邁的身子。有一回，我騎單車由北投上陽明山，在山上公車總站暫歇後，便一路飆下山，不到半個小時便抵平地的路口，騎來確實相當刺激。記得大二那年（一九七五年十二月），適逢大寒。從淡水校園的G教室即可瞧見大屯山頂上披了一件淡淡的白衣裳，一群同學便迫不及待趕到山上追雪。可惜，氣溫回升，無緣見著。二〇一六年初春，台灣再逢六十年來大寒流，海拔五百公尺以上之地全都飄雪。我因已在國外留學多年，見過太多雪景，也就興致缺缺。只有在家透過手機，看興奮的親友傳來的歡樂照片。

大屯觀景

重新發現陽明山已是我學成歸國在大學任教時期。那時授課壓力不大，最重要的是，經過多年的苦讀，想讓自己放鬆一下，也順道多認識周遭的美景。內人的好同學李光泓北投長大，視陽明山為其後花園。因他有一輛汽車代步，我們夫婦倆便經常隨他上山遊歷。爬過大屯山（海拔一〇九二公尺），登上山頂的觀景台，俯瞰台北市。也登過七星山（海拔一一二〇公尺），因適逢午後起大霧，還夾帶風雨，淋得滿身雨水。我們幾乎摸著上山，又狼狽不堪走到陽金公路旁。因不知何時有公車，試著向路過的車子招手。所幸真有一位好心的大哥停車，將我們三個落湯雞載到陽管處前的第二停車場。結果只是繞過幾個山頭，此處竟陽光普照讓我們仨啼笑皆非。

事隔多年，專科同學在竹子湖辦了一次同學會，餐後地主阿妥說好要開車載我們夫婦去「祕境」看夕陽，同行還有一位長期僑居泰國的同學吳逢生。結果竟然就是多年前來過的大屯山頂。因為時間準確，一輪夕陽緩緩西下，照得整個大地金碧輝煌，山河美景盡收眼底，真有「登大屯而小天下」的豪情，尤其肉眼還清晰可見遠方住家附近筆直的敦化北路。後來聽說吳同學隔天就帶領妻小上山，因為這回他才發現故鄉竟有如此壯麗的風景。

草山尋訪

數年前，內人嫌市區太吵，電流干擾嚴重，在前山公園附近租了一個落腳處。偶爾陪她上山，便展開「地毯式」的尋訪。前山公園頓時成了我們的後花園，那兒日本風味特濃。隔壁就是那間已經營超過六十年的「國際大飯店」（Hotel international），招牌竟然打著法文。原來是當初青年黨主席、留法前輩李璜所接收經營的，原先是警察療養所，目前已列為台北市歷史建築，裡頭的硫磺味濃烈無比。據說老蔣時代，在不遠處的中山樓召開國民代表大會時，黨政高官冠蓋如雲，在此設宴餐聚，杯觥交錯，熱鬧無比。入口處植了幾株晚發的櫻花樹，極其豔麗。

當年推選國家領導，事關國祚的國民代表大會就在中山樓召開。這棟古色古香，有著濃濃傳統中國風格的建物相當氣派雄偉。當初由老蔣親自選地，委託著名建築師修澤蘭女士設計，趕在一九六五年國父百年誕辰竣工。它就蓋在硫磺出口處不遠，增添了許多建築上的難度。過去也是接待重要外賓及安排國宴之處。目前已對外開放，走訪一趟便可以感受到一股濃烈的歷史感。下方不遠處是中國麗緻飯店（前身叫「中國飯店」），它是山上唯一的五星級飯店，小巧潔淨，是放鬆休憩的好地方。門口經常停滿遊客的豪華轎車。館內的乳白硫磺溫泉是它的特色，滑潤而不帶過多氣味。另附設一座山泉泳池，全年開放，冬天有加熱設備。相較於前山公園內的公立山泉泳池，真有說不出的天壤之別。

紗帽山雖然近在咫尺，隨時隨地抬頭便可仰望，卻相當神祕。一說日治時代該地有一處毒蛇養殖場，戰後荒廢，毒蛇逃逸遁入山林。有一回我們夫婦倆起了個大早，從公路旁順著指示牌拾級而上。階梯古樸，山路平坦可會人。路旁還有一座清代的古墓，可見此地早已有人煙。山頂海拔僅六四三公尺，可以鳥瞰全境，後方更為高聳的是七星山。右側不遠處即大屯山。前方更遠處可見台北市區一角。視野相當寬敞，配著滿山滿谷的陽光，有說不上來的暢快。有一回我們在濃霧中走「櫻花步道」，稀疏的行人從霧中冒出，又消失在濃霧中，有一種淒涼的美感，好似某條古代的朝聖步道。這條通往陽明山公園及花鐘的水泥步道，兩側種了不少櫻花樹，是最輕鬆的散步賞花步道，櫻花盛開時人聲鼎沸，歡樂聲不絕於耳。至於陽明山公園，另稱之後山公園，原為日本大企業家山本義信的私人別莊，我則新近才探訪。它座落在和緩的山腰，大樹林立，有美池，清澈水道流經，既自然又有幾分設計感，是名不虛傳的美麗花園。

草山行館在下方不遠處。過去曾是老蔣來台時最早的住所，日治時期為台糖的招待所。二〇〇七年遭祝融燒毀，二〇一一年底修護完成重新開放。前廳改為文創販賣部，客廳做為咖啡廳，陽台可俯瞰山景。後方的房間保留原狀，改為蔣公生活事蹟陳列館。屋外甚至掘了防空壕洞。有一回傍晚時分，我們在館內喝咖啡，突然聽到屋頂一陣竄動，以為下起冰雹或雷陣雨。往外探頭一看，原來正有一大群猴子家族老小跳行路過。當地居民說，牠們的棲息地就在下方不遠處。下方是六窟，顧名思義有六個溫泉噴口。是登山行家泡溫泉及吃野菜的好去處。有一回與在門口擺攤販售自種橘子的老農聊天，他告訴我為何此地會種出「火燒柑」。因為整座草山都是火山噴岩堆積而成，土壤養分不足，收成三、四年就後繼無力，果粒變形，外觀出現棕色斑

夢幻湖，攀登七星山東峰的起點，如夢如幻，總是讓人流連不捨。（2021）

塊，賣相太差，但口感清香獨特。他還告訴我華岡文化大學那個山頭所產的柑橘最為甜美，才是真正上選。

陽明書屋是老蔣親自圈選的官邸建地，一九六九年完工入住。除山下的士林官邸外，此處是他們一家最常居住的宅所。目前已開放供民眾參觀，有專人導覽。建築相當大氣，擺設一如過往蔣先生在世時的模樣，頗值得細看瀏覽。離此不遠處，第二停車場茶花花園階梯旁的隱匿處，草山行館的正後方，有一座防空砲台。陽明山公車總站附近，則是負責元首安全的侍衛隊的基地。在更隱避的水泥道後方，便是一座可容納六百人的防空壕洞。它在地下有四層深度，彷如子彈造型。裡頭還有水電，電話、衛生設備，及一間總統辦公室。但好像一直都沒有真正使用過。

陽明山的水源豐沛，日治時代（一九二八）已著手開發，先是灌溉渠道，後來又找到飲用水源頭，並加以建設開發。這個草山水道系統是日本水利專家佐野藤次郎的團隊規畫，由大屯瀑布引水，於一九三二年建成啟用。直到現在，這個大台北的第二天然水源，每日仍可出水三萬噸，供應陽明山和天母地區八千戶居民飲用。在天母古道往橫嶺古道的盡頭，在嘩啦嘩啦由石壁上傾洩的瀑布下方，築了一座鐵橋「草山水管橋」，這裡便是有名的「藍寶石泉」的出水口。此地的泉水清澈透明，因由不同石質的岩石縫中湧冒出來，不僅含有豐富礦物質，也因水色呈藍寶石色澤而得名。此處已被列為台北市定古蹟，目前可預約導覽，民眾可當場生飲，甚至裝瓶攜帶回家細細啜飲。

重蹈魚路

陽金公路一直都是金山通往台北市的幹道，不論晴雨天，車輛不絕於途，假日更經常塞車，尤其是仰德大道前段。一路上不時會碰到重機車隊掃過，是一些重口味的騎士的最愛。過了竹子湖派出所站，會經過二子坪及冷水坑，此地適合輕鬆踏青，或親子出遊。假日更是人車沸騰。冷水坑前方有個如詩如畫的生態池「夢幻湖」，一旁步道可直通七星山東峰。然後沿著公路走到高點，便是著名的擎天崗。那裡有一整片寬闊地草原，上頭放養的牛才是主角，牛隻悠閒，或臥或逛，遊客上山舒展筋骨，彷如入動物園近距離觀看牛隻作息。此處原為該區耕作的水牛於農耕之餘休養的「收容所」。由於頗有特色便一直存在迄今。原先有萬里養牛戶黃先生寄放了十四頭日本牛。這些牛是日本人引進的肉牛「但馬和牛」，戰敗後留下的。黃先生買下這些牛，並載運到擎天崗牧放。二〇一六年被李登輝基金會相中，全部買下並載往花蓮壽豐鄉飼養當種牛，準備開發成和牛肉品。目前已繁殖到二百頭。之前，擎天崗傳出有牛隻不明原因死亡，後經專家解剖發現，主要是這些古早時代由印尼引進的水牛營養不良或天冷凍死。但民調顯示，台北市民還是希望就地保留牠們。

有一回在山崗上閒逛，看到一條步道上的告示牌上寫著：「通往八煙」。一旁的解說牌也載明，此山徑俗稱「魚路」。內人和我皆好奇又納悶，山頂上何來魚路之有？便決定循路往下坡走去。一路還算好走，階梯也不算過於崎嶇難行。兩旁先是箭竹叢，愈往低處，林相改為喬木林。路旁的告示牌上還寫著：此區為日治時代所植種，用以保護山上的水源。之後便開始有些人煙痕跡，荒廢的石屋、竹叢，以及水圳。這些灌溉用的人工水圳有時與步道並行，發出嘩嘩水聲，感覺特別清爽。中途還有一座石砌的拱橋許顏橋，跨過深邃的溪谷。這橋原來是金山的魚販業者捐輸所建，方便扛夫行走。途中也有幾座石砌但已荒廢的簡易歇腳站，可見當初這條漁獲運輸道的規模。更接近平地，則能見到一畦畦的廢耕農地。再往前行，已能見到陽金公路。整個行程只不過個把小時，便抵達公路旁的八煙聚落。

早期金山地區的先民冒著風險討海為生，又必須挑選肥美漁獲，雇用扛夫，大半夜摸黑擔著爬山越嶺，花上四、五個小時，走一趟三十公里長的山路，送到士林（舊名「八芝蘭」）市集銷售。然後再循去路返回金山小鎮。夏日溽暑，冬日嚴寒，可謂艱辛至極。

八煙聚落

八煙聚落位於鄰近金山，陽金公路左側斜坡台地上，因山谷下方磺溪流過，八縷硫磺噴煙冒出而得名。此處也是浸泡野溪溫泉的好去處。因劃入國家公園用地，禁建限耕，人丁流失嚴重。二〇〇八年台灣生態工法發展基金會投入，在此推動水梯田生態復舊計畫，以生態工法修復水圳，維持自然景致。經過幾年的努力，不但農田復耕，圳水復流，百年的石頭厝、石砌水圳道和層層的水梯田，構成一幅優美的山村景致。但因為太成功了，此地頓時成了陽明山

冬季的八煙，「水中天」一旁的防風林。如詩如畫。

的新祕境。水煙漫漫，石屋石瓦，阡陌雅致，梯田盎然。結果，星期假日朝聖的觀光遊客擠爆小小的村落，當地居民備受干擾，憤而立起柵欄封村，只開放教學團體參訪。

有一回非星期假日，偕內人搭乘皇家客運在八煙站下車，走進這座已開發二百年的古樸山村，一片如畫的農村景致映入眼簾。入口左側有淙淙流水聲，是一座有屋蓋的石室，供人洗滌衣物。此一山泉引自山上的八煙圳，水流豐沛。沿著村路走進如詩如畫的水潭「水中央」，這片人工砌成的水田，有幾個未能移除的大石頭，映著水光和山色，有著濃濃的禪意。

我們順著小路在村裡尋訪一回，景物自然無華，卻有著樸拙的鄉野風光。沿著耕田走進深處，到了河坎，已無路可走。回頭望去是一片與天爭地的梯田，筊白筍正值盛產。與一旁整地的老農聊上幾句。他說祖先在此落腳開墾，相當艱辛，因山坡地貧瘠多石，須由山腳下擔土填平才能耕作。又因稻作深根吸養，淺填的田地無法正常生產，只能種些筊白筍、番薯及蔬菜等副食。外地觀光客稱讚此地好山好水，但他們看不到辛勞的日常生活。回程，我們瞧見另一位老農正扛著一大捆枯木和竹材，緩緩地往村裡走去。這背影彷如時光倒流，卻活生生地出現在眼前。

竹子湖尋趣

竹子湖是陽明山目前最熱門的觀光旅遊景點。它既是台北市最親近的休閒農場，也是道地的「開心農場」，整個山谷處處有歡樂。先是三、四月的海芋節，五、六月有繡球花祭，滿山滿谷的花海及人潮。夏天可以走步道、遊水田、聽蟬鳴。秋天有五彩的林相，冬天清寒，經常薄霧籠罩。

記得有一回非假日與內人搭公車上山遊歷，跟小巴司機請求隨意靠站停車，我們就在最大的第一家餐廳「苗榜」下車。隨我們一道下車的還有一對年紀稍長的情侶。店主是農藝專科畢業的，其令姊正是我們專科同屆的高月妥。那是個春寒料峭的陽光日，我們一邊用餐，享受山上的新鮮美食，一邊與老同學敘舊。阿妥說她不能陪我們太久，待一會兒要去採收此地的土特產箭筍。後來乾脆問我們是否一塊去？我們當然爽快答應。我們繼續慢慢用餐。突然感覺氣壓有些異樣，天色暗了些許，眼前很快就白茫茫一片，霧濃到只能看清楚二、三公尺遠。餐廳棚外的海芋田像被施了魔法，一片朦朧。那景色如夢如幻，美妙極了。內人興奮地叫喊起來。方才與我們一塊下車的女孩，先前一直繃緊著臉，頓時綻放笑靨，大方地由男友幫她拍照。這是我們見過最美麗的霧景。

稍後濃霧散去，阿妥開車帶我們到頂湖他們的祖地山坡上採收箭筍。箭筍相當粗大，此地餐廳的雞湯都是以它做湯底。阿妥要送我們一整袋，我們婉拒只拿了三、四根。之後天色尚亮，她請我們陪她栽種南瓜，我也就拿起鏟子，幫她在這片有些荒廢的田地上挖了十幾個坑。她放了些許雞糞肥料，然後放進幼苗，便掩土完工。我問她是否要澆點兒水？她說不用。這裡是湖底地，根本不缺水分。回程在路上，她指著左鄰右舍的田地及屋舍說，都是她們親戚家的，

竹子湖，霧中的海芋田，美不勝收。

又說下湖海芋大道右側靠山谷的這頭都是她們高家的祖地，左側靠山邊的地屬於曹姓家族。二百年前就是這兩家的祖先率先來此拓墾落戶。三個月過後，阿妥來電通知我，要送幾粒收成的南瓜給我！

竹子湖海拔約六七〇公尺，氣候涼爽多雨。由於土壤肥沃，又擁有豐沛潔淨的山泉水源，原係火山爆發後所形成的天然堰塞湖，如今湖水已然退去。過去曾栽植大片箭竹及孟宗竹，風起時竹子隨風起舞，有如湖面波浪，因而得名。一九六九年，引進象徵純潔的白色海芋，大量種植，復因風光獨特，成了國家公園的熱門景點。

一八九五年清廷割台灣之際，陽明山地區有簡大獅率領的抗日勢力集結，在竹子湖地區也留下古戰場遺跡。日本控制全台後，農業專家磯永吉因登七星山，發現此地特殊的地形，於一九二三年設立蓬萊米原種田事務所。之後，此地成為台灣蓬萊米種米的發源地及主要供應產地，竹子湖遂成台灣蓬萊米的原鄉。

說這座山凹湖底地是陽明山最歡樂的景點，一點兒都不為過。因為除了美景，還有遍布各角落的農家風味餐館。最初只有十來家，現在已近六十家之多。甚至有了日式茶館、景觀咖啡館和花卉商場，可讓人輕鬆消磨一整天。記得最早來此一遊，是與學校幾位同事先到馬槽日月農莊泡湯，再轉進這裡用餐。那兒是陽明山少有的碳酸溫泉，質地優良。更早之前，專科時期的死黨同學余松濱曾在此打工幫傭，我們幾位好同學曾相約上山來探望他並餐聚。老同事康尚文推薦我們到下湖上方的「杉木林餐廳」用餐。這家半露天座的餐廳，廚房是半開放式的，有點類似街頭辦桌，以自種蔬菜為招牌，還提供免費的甜點地瓜湯。那之後，我們夫婦倆也自行來過幾回。有一回，我們捨棄等候公車，直接繞過頂湖步行下山。途中經過一處柳杉林區，那兒是婚紗業者選中的拍攝景點。好幾對著盛裝的準新郎新娘就在你眼前，拍下足以傳家的絕美照片。

草山踏青

多年前，在遠流出版社擔任客座主編，有一回出版社辦了一趟草山踏青的郊遊。先從外雙溪坐車上平等里，再由平等里一路步行，經衛星轉播站，走菁山路到華岡。名目是替副總編輯航叔四十歲登山祝壽健行。這一路，一會兒走公路，一會兒是山路步道，還碰上綿綿不斷的春雨，又時而放晴。大夥說說笑笑，調侃航叔的高齡。航叔很不服氣地反駁：「我會等你們的！」是的，航叔預言成真。他已退休含飴弄孫，偶爾寫寫小說或臉書。我們大夥兒也都五十開外，或已過耳順之年。陽明山給我們留下許多難忘的回憶，尤其是那青春和笑靨。

青山依在，碧水長流。拿它來形容陽明山四季分明的風光是再貼切不過了。多虧之前將它規畫為「國家公園」，凍結了開發，也保住了記憶。陽明山的一切不僅庇護了我們，也會一直陪伴著我們，還有我們的子子孫孫。只稍踏進它的領地，看著滿山的青綠，遠眺山腳下如積木般參差群聚的屋舍，或華燈初上的都市夜景；或潛入它的內裡，翻越山巒，跨越溪谷，聞著清新的空氣，花香、草簌，還有那再熟悉不過的硫磺味，聽著微風吹暖，或勁風狂囂，在在都在訴說著數百千年來人類生靈的故事。

（二〇二二年三月）

南澳尋趣

第一次到宜蘭旅遊是我念小學時，隨同父親參加他們醫院的員工旅遊。那時只能走北宜公路，沒有空調設備的公車。到了著名的九彎十八拐，讓我第一次見識到何謂暈車及嘔吐。那時東北角公路也未完全通車，所有東部的聯外交通完全依賴這條台九線，可想見它的繁忙及負荷。路邊也不時有撒滿紙錢的地段。直到二〇〇六年雪山隧道通車，它才卸下重擔。不過，假日它仍是重機車手的最愛，事故依舊頻傳。

第二回造訪宜蘭已是大學畢業，原本規畫隨一群友人同遊太平山。因錯過班車，只好到羅東公園溜達，只見園中偌大的蓄水池，放養的不是魚蝦，而是二、三人環抱的原木樹幹。也逛了一下附近的田野，它與小時候台北農村沒啥兩樣：稻田、菜圃、民家、竹叢，雞鴨奔跑，犬吠生客，正是一幅典型的農村

由蘇花公路觀景台遠眺整座南方澳。（2018）

景致。

第三回遊歷宜蘭，則是陪同念幼稚園的女兒校外教學。上了太平山，坐了運材的蹦蹦火車，近距離嗅著千年檜木樹頭的餘香，也參觀了原木廠。我的岳父母也隨行，岳父以前是做鋸木廠的，此回他們算是舊地重遊。後來我們又幾回揪孩子們的家長，到員山鄉的民宿「庄腳所在」親子旅遊，此時才算進入當代的宜蘭。雪隧通車後，宜蘭已躍升為北部人出遊的首選之一。之後，我也就三天兩頭地往宜蘭跑，最主要的活動就是到礁溪泡湯。這裡的溫泉與烏來同源，無臭無味，泡來清爽。

有一回，心情鬱悶，提起背包，三兩下便坐上通往羅東的豪華客車。為了尋奇，我直奔南方澳漁港。這裡是宜蘭重要的旅遊及經濟景點，也是老友邱坤良的故鄉。他曾寫了一部半回憶錄《南方澳大戲院》，故事以他的童年為背景。可惜那間大戲院已不復存在，只能留給當地老宜蘭人去回想。

南方澳巡禮

我在南方澳旅客服務中心下車，直接徒步走上跨海大橋，繞行豆腐岬、內埤海灘，再繞過內外漁港。很驚訝在路旁某個造船塢的門旁，聳立著好友林良材打造的一尊生鐵雕像作品。這裡是北部最大的遠洋及近海漁港。颱風天前夕，避風的船隻幾乎可以把三個漁港塞爆，從早到晚處處人聲鼎沸。這裡的海鮮也是一絕，有就地烹煮的，有餐廳辦桌的，保證都是現撈的。

有一回跟內人租機車經過，在內埤海灘上觀賞一群年輕玩家玩風浪板。他

南方澳豆腐岬廢棄的崗哨。（2015）

們個個技術嫻熟，還可以隨風浪板躍出水面，映著藍天海浪，彷如畫境。一旁的涼亭，還有一位怡然自得的老翁在賣自製的石花凍。這種石花凍，台語叫做「菜燕」，日文稱之為「寒天」，須潛入海岸，採擷附著在水面下的藻類，經過泡水及曝曬，煮過冷卻，取其膠質加味成為夏日的解渴聖品。在台灣它只產於東北海岸，從淡水到宜蘭之間。老人家靜靜悠閒地坐在一旁，冰櫃前只寫上「石花凍」三個字，並不兜售。我們買來解渴，果然口感極佳，清甜淡香。跟他聊了幾句，老人家一副不問世事的模樣，十分泰然。之後，好幾回我們再經過此地，已不復見老翁的身影。日本人常說的「一期一會」，倒是蠻貼切的寫照。

據邱坤良的描述，早年的南方澳應是北部最大國際漁港。不僅漁獲量豐沛，因為溫暖的黑潮就在它的外海，流經之處魚類特別繁多。每逢鯖魚季，漁工（包括國際漁工）從各地蜂擁而至。大夥暫住打尖，幾乎可以把整個漁港四周占滿。它可能不若瑞芳金瓜石黃金礦那樣紙醉金迷，但熱鬧繁華應不會遜色太多。從第二漁港昭安宮後方登山步道拾階而上，便可抵達蘇花公路一旁的觀景台。那兒可以讓人飽覽綺麗多采的灣澳風光。回到蘇澳市區，在火車站正前方，還可以泡一下舉世罕見的冷泉。不住冒泡的冷冽泉水，讓人清涼無比。

礁溪泡溫泉

整座蘭陽平原呈等邊三角形，海岸線長約莫三十公里，北起頭城，經壯圍到五結，止於無尾港。此地雨水及水源極為豐沛，乃魚米之鄉。貫穿平原的台鐵東部幹線各有風貌：礁溪火車站前有溫泉池，宜蘭火車站前有幾米的漫畫人物，羅東火車站則緊鄰公路轉運站，是南宜蘭最大交通樞紐。羅東夜市的氣派也是台灣少見的規模。

那一回，特別從羅東搭慢車區間車北上礁溪，然後再租機車，繼續沿海岸公路台二線北上。經烏石港、北關海潮公園，一路有龜山島相伴，再登上一旁的伯朗咖啡城堡。在城堡頂上居高遠眺，整座蘭陽平原幾乎盡收眼底。然後再調轉回頭，騎到礁溪森林風呂泡湯。礁溪大致已擺脫早期粉味溫泉鄉的封號，因雪隧通車，成了房地產的新熱點。短短幾年內，豪華旅館、溫泉套房呈倍數成長。忠孝路旁的一家雜貨店，幾乎成了地下房地產仲介。因為老闆人地熟悉，買家賣家都會主動找上門。

台灣溫泉極為豐沛，且琳瑯滿目，統計有一百餘處之多。礁溪溫泉屬於碳酸氫鈉溫泉，色清無臭，老少咸宜。洗後光滑柔細，有「美人溫泉」的雅號。宜蘭縣政府有心開發，轉型為休憩、親子地景。加上腹地廣大，設施齊備，徜徉期間更見悠閒，深得北部都會民眾的最愛。兩處公共溫泉：湯圍溝及森林風呂皆品質極佳，也頗有日本氛圍。每回當客運車穿過雪隧，眼界頓時豁然開朗，彷彿置身世外桃源。眾人皆不約而同地轉身望向左側，看著屹立在海上的龜山島是否晴朗可見。如果陰雨是見不著它的蹤影，如果隔天欲雨，島頂會先

由蘇花公路遠眺東澳灣。（2018）

罩著一片厚雲，如戴著帽子，更見其風姿。到了礁溪轉運站下車，呼吸新鮮空氣，不僅神清氣爽，也頓時有一種歡愉的感覺。每逢週末假期，走一趟鎮上的街區，更可以感染到一種渡假小鎮的歡樂氣氛。

礁溪在一七六八年第一名漢人上岸拓墾之前，當地的噶瑪蘭原住民從沒有與漢人打過交道。倒是先後與西班牙及荷蘭殖民者交過手。最早西班牙神父坤羅斯曾至此地傳教十年之久，建立了兩座教堂，吸收六百名信眾。荷蘭人趕走西班牙人之後，又進犯此地。一七九六年，開蘭先鋒吳沙才組成墾殖團，成群結隊，走陸路由頭城南下。逐年逐走原住民。之後，漢人才大舉入墾。清廷於一八一二年將其納入版圖，設噶瑪蘭廳。此地平埔原住民也接續漢化，少部分遁入山區，為泰雅族人所收容。事實上，根據考古發現，此地早在史前時期即已有人類活動。

謎樣的龜山島

龜山島日夜晨昏都伴隨著每個宜蘭人，每天只要睜開眼睛望向大海，你就會發現它就在那兒跟你打招呼。它可以說是宜蘭的海上守護神島。因弧形地形的關係，宜蘭縣的每個角落都看得見它，只是形狀不見得都像一隻昂頭的海龜。路經宜蘭，或遊歷此地的外地人，也會被這座神似海龜的島嶼吸引，而留下深刻印象。烏龜這種長壽的爬行動物也是民間信仰的吉祥象徵，跨海登島一探究竟，更是許多人的夢想。

二〇一六年夏日，約了同窗好友王光裕及其夫人古淑芳，終於完成了這項登島壯舉。為了趕早，我們前一天先入住學弟蘇鳳龍家開設的民宿，由他安排預約了船位，大約上午九時便頂著酷陽上船。只見海天一色，船隻越行越近龜山島，心情也越見澎湃，終於登上這座已被軍管二十餘年的島嶼。但見除了人工碼頭，毫無多餘建設，海水清澈見底。岸上只有一身橘衣的海防人員監看。然後映入眼簾的就是一片廢棄的聚落，學校殘垣，以及一些簡易的軍事設施。只有一間供應飲品的福利社及接待廳。另一側候船碼頭更是簡陋，只有一座簡易的棚架。一位身手矯捷的中年男子充當我們這一船的義工導覽，大夥兒拾階而上，從海平面上升到三九八公尺的高度，外加三公尺的觀景台，號稱「四〇一高地」。每個人幾乎都汗流浹背，身上的衣物甚至都可以擰得出汗水。

上山的階梯幾乎都是大石塊砌成，可見當初工程的品質，尤勝於新近開放的基隆嶼，途中還有幾處觀景台。由於山路迂迴，可以從不同的角度欣賞許多令人驚嘆的美景。人們還點選出所謂的「龜山八景」：龜山朝日、神龜戴帽、神龜擺尾、龜島磺煙、龜岩巉壁、龜卵觀奇、眼鏡洞鐘乳石、海底溫泉湧上流。登島之前，船老大先繞島一圈，讓乘客掌握它的地理方位，特別是它獨樹一格的風景，如海蝕洞、硫氣孔、牛奶海等景觀。

靠近登岸才發現龜山島之大，東西向寬三點一公里，南北向寬一點六公里。島上有兩個湖泊，較大的龜尾湖（龜池）原為淡水湖，因颱風沖毀岩石，海水倒灌，成了帶鹹味的湖泊。繞湖走上一圈，看著平靜的「內海」，聽著遠處的浪濤拍岸聲，伴著一旁的蟲鳴鳥叫，也頗為舒坦。走到一處不甚顯眼的海岸，赫然發現一個隱蔽的軍事基地，實則是一個開鑿出來的軍事坑道。國防部曾在此安置一門巨砲，不僅可防衛海上來犯的船艦，射程也可以直搗宜蘭沿海陸地，可說是不可多得的海防據點。

龜山島海域因黑潮流經，魚群由四方聚集。據載，此島早在一八五三年即有漢人定居。傳聞是福建漁民林某首次載貨運往基隆，鄉人告知若海上見一島嶼，基隆港即在眼前。實則那是指基隆外港的基隆嶼。漁民船行至此，以為基隆港在望，遂登島暫歇。又發現海上大小群魚洄游不去，乃心生移墾。俟辦完運輸返回福建後，便揪集鄉人，攜家帶眷來此定居。後來（一八七六年）轉賣給壯圍陳家。宜蘭居民陸續移入後，成了近百餘戶的大聚落。直到一九七七年，國防部相中此島，將住民強制遷至對岸的大溪漁港安頓。二〇〇〇年才結束軍管，交由交通部管理，規畫成「海上生態公園」。

中年導遊沿路如數家珍地介紹階梯兩側的奇花異草。還說了一則龜山島的軼事。島上曾出過一位傑出的年輕人，考上台灣大學經濟系。我順口說出他是不是叫「阮登發」？導遊頓時啞然，反問我：你怎麼知道？我回說：他是我以前的上司，報社的採訪主任。因為當記者時，同處一間辦公室，略知他的身世。記得他塊頭厚實，方頭大眼，炯炯有神，天庭飽滿。最近在網路上看到他的近照，多了幾分慈祥。

海角樂園：南澳

發現南澳已有十多年的光景，最初是喜歡坐火車獨遊踩線的內人，經常趁著我上班、女兒上學之際，輕裝簡行四處遊歷，直到晚上才頂著星光夜色返家。又會迫不及待地告訴我又發現了甚麼新景點。經過一整天疲累的工作，實在無暇靜心聆聽。不過東澳、南澳這些地名經常出現在她的旅遊記述裡。有一回趁著假期，便邀她一同前去，上網訂了一家簡單樸素，有著濃濃鄉村風味的民宿「水田屋農家民宿」，便搭車經羅東，再轉火車前往細遊。

事實上，早在發現南澳之前，我們就已探訪過東澳的粉鳥林（閩南語意為鴿子林）及它的神祕海岸，還有唯一的一家路邊海鮮店「阿滿姨小吃部」。這家海鮮攤子賣的是現撈的漁獲，美味可口不在話下。唯公告每年七、八月歇業。因為要讓海洋資源生養，收回海上的定置網。那一回是摯友美食家王宣一、詹宏志及小阿朴邀我們一家人，驅車前往花蓮遊歷。一路上都是宣一駕駛，回程路經此地，她二話不說，便將車子轉向海邊，在峭壁及礫石子路上疾行。最後停車在小小的東澳漁港。當時旅客罕見，海水清澈，漁船寥寥無幾。走上防波堤，無意間發現了日後名噪一時的「神祕海灘」。首先，它乾淨無痕；其次，海水清澈透明；再者，海景壯闊，一望無垠。宣一廚藝一流，寫了幾本菜餚和品饌作品及專欄，被喻為「美食家」。但我認為她更是一名資深的旅行家。早年她曾參與台灣第一代旅遊書「戶外生活」的編撰，可說已跑遍台灣重要景區。之後又經常伴隨被事業壓得喘不氣的夫婿出國休憩，大半個地球也都有她的足跡。可惜天不假年，遽逝旅途（義大利）。不然，日後應該可以寫出許多壯麗精彩的旅行文學。

舉世聞名的蘇花公路完工於一九一七年，起於蘇澳鎮的白米橋，全長一百餘公里。從蘇澳平緩上行的海岸公路，經過一處觀景台，可眺望整座南方澳及蘇澳軍港，之後，人車便置身一段無敵海景之中。路基懸於半山腰，海面湛藍，時而上陟，時而下行，時而隨山形轉彎，時而豁然開朗。這景致絕不亞於地中海岸的旖麗風光。一路繞進東澳灣的制高點烏岩角，有座慶安宮。尊奉開拓此條天險公路而罹難的日籍和台籍工程人員。行車至此，勢必暫歇，前往致意。路旁也設有觀景處，居高臨下，偌大的東澳灣盡收眼底，海水湛藍，靠岸處還出現一帶如混著牛奶狀的淺藍。除了海水和峭壁旁的樹林外別無他物，心境也就特別開朗。然後就順著公路直下到貼近海平面的東澳灣。過去行走蘇花公路經常過門不入。哪知道這兒還有冷冽的野溪湧泉，東岸鐵路就在你的頂頭駛過，從一頭冒出山洞，又從另一端鑽進隧道。二〇一八年，蘇花改通車，行車不消十分鐘，就可以將你從蘇澳鎮送到東澳。不過，那就無緣親炙這段世界級的美景。

東澳往南澳之間還是舊時的蘇花公路，路況雖不至於太差，但車流量遽增，各式車種：大貨車、遊覽車、公車、自小客車、小發財貨車、重機、機車，甚至公路自行車，全都匯聚在一條顯然已過於負荷的公路上。其驚險與難行自不在話下。早年，清廷治台曾在此開拓一條三百里的通道。但至東澳以南便已無力治理。換言之，南澳以南在當時已被視為「化外之地」。直到一九三〇年代，日本殖民政府再加以拓建這條「臨海道路」。一九八〇年代，國民政府繼續予以拓寬，一九九〇年全線才雙向通車。由於面對太平洋，氣象瞬息萬變，復以山壁陡峭，基石不穩，又地震頻頻，此公路經常中斷，或造成災禍，遂有「死亡公路」之稱。

記得大三那年（一九七七）暑假，同窗好友鄧志誠邀我同他回玉里老家小住，才第一回走上蘇花公路，至今仍餘悸猶存，印象深刻。只記得路面狹小，好幾處得排隊等候會車。至清水斷崖路段，甚至不敢直視窗外的海景。車子就在高聳的懸崖縫裡行駛，乾脆緊閉雙眼，祈禱平安。

由於天險而與世隔絕，外界進入這塊泰雅族的原鄉，只能靠海路。當初清廷雖已治理噶瑪蘭多時，南澳一直屬於生番地界。早年（一八六八）有一名德國人與英國冒險家康某覬覦此地，率人攜武器進入開墾，並以殖民者姿態向原住民及華工抽稅，最終引起清廷注意，透過北京的總理衙門向德、英兩國交涉不果。最後英方甚至囂張地派船艦至外海示威。直到主事者船難滅頂身亡，才告平息。之後，閩客漢人逐漸從海路入墾。日據時代，為便於管理，以「臨海道路」（即蘇花公路）為界，山區劃為生蕃區，濱海區劃為漢人區。國民政府沿用舊制，故迄今蘇花公路東岸仍歸蘇澳鎮管轄，以西的原民區劃為南澳鄉，由原住民自選鄉長。

水田屋「驛站」

當初從網路上看到「水田屋農家民宿」的簡介，當下就被其農村景致所吸引。我們先搭客運到羅東，再轉火車至南澳站。出了火車站，即被矗立在站前巨大的觀音雕像所攝住。這兒不是原民區嗎？原來當地某漢人出外打拚，其母許願，若成功歸來將立一尊觀音菩薩大像。經地方首長首肯才矗立在那兒。我們租了自行車，優哉游哉地往民宿騎去。它位於原民區境內，原是一位高雄美濃的客家人與其泰雅族妻子所建並親自經營。唯年歲已大子女皆在外落戶，才轉租給在一旁農地耕作有機農作的阿聰夫婦經營。新老闆則住在漢人區，台北都會長大並就業，因嚮往有機耕作舉家遷來此地。原先單靠有機耕作，也有一番成績。年輕夫婦多了一項斜槓活動更是投入，辦了許多頗具特色及賣點的戶外親子活動，如體驗自然耕作、夏令營，甚至還有打工換宿，吸引更多的年輕人入駐。夏日假期或週末長假，這裡經常人聲沸騰，熱鬧無比。

有一回內人和我先到蘇澳租機車，走一段無敵海景的蘇花路段，優閒地來此投宿。晚上到鎮上用餐吃海鮮。專程開車送兒子到台東打棒球的老闆阿聰趕來與我們會合。飯後他驅車戴我們到神祕沙灘（及長達八公里的觀音海岸）看星星。車子在伸手不見五指的礫石沙灘上緩緩前行，一路只聽見引擎聲及海水拍岸的聲響。車子一直往前開著，心底有一種性命操在別人手中的恐懼感。直到車輪有些下陷打滑才停車迴轉。赫然發現有好幾位釣客就在那兒夜釣。然後再回頭轉往另一頭的朝陽漁港開去，停車走上防波堤，我們就躺在堤防上，取出手機，安裝觀星軟體，對著閃爍的星光，盯著螢幕上由現代科技標示出的星座圖，內心好不驚嘆。回到民宿，只不過八點多時刻。此時台北都會應是華燈初上，許多繁華的夜生活都還沒上演呢！

另有一回臨時起意，隻身租機車前來投宿，幸運地租到最後一間房間。當天有來自北部來的親族烤肉團，有前來參加溯溪的母女團，有前來田野調查的

在水田屋民宿遇見三位步行環島的勇士。中為內人。（2019）

碩士生情侶，更有從桃園一路環島徒步而來的中年勇士，還有兩位暑假從台中走回花蓮的大學生，更有一位高雄某高中提前退休的數學老師前來打工換宿，體驗將來開民宿的退休生活。總之，這間民宿相當溫馨，投宿客人來自四方，像極了古代駱駝商隊的驛站，第二天大家又各奔前程。每個人都有一顆追求田野生活休憩的心。

記得頭一回來到「水田屋農家民宿」，老闆娘少玲很神祕地問我們，想不想吃一頓原民風味餐？她幫忙打了電話預約，我們就沿著寬敞的公路進入山區的武塔部落。住屋依著山勢櫛比鱗次的錯落著，餐廳在右側小學的上方。原來這裡是部落的活動中心，村裡採老人共餐制。我們得等老人家們用完餐才能上桌。那是一頓就地取材的實材原民風味餐，迄今還覺得餘味猶存。餐後逛了一下部落，然後走下廣場散步，發現廣場邊矗立著一座「莎韻之鐘」。之前完全不知其事由，到了鎮上參觀了泰雅文化館才得知發生在此地的一段傳奇。

一九三八年太平洋戰爭爆發，派駐此地擔任警察兼日語教師的田北正記收到徵召令，奉命趕往中國大陸參戰。一群學生陪同老師下山，穿越南澳南溪時，因颱風溪水暴漲，原民少女莎韻不甚失足落溪身亡。日本殖民政府遂美化這段悲劇，利用這段事蹟加以宣傳。包括新聞渲染報導，寫進小學教科書，甚至請來日本一線明星李香蘭主演拍製成電影，還譜成一首動聽的電影配樂「莎韻之鐘」。這首歌就這樣在台灣廣為流行。一九六二年，作曲家周藍萍取其音樂，重新填詞，寫成浪漫的《月光小夜曲》。歌詞與莎韻傳奇無關，先由張清真主唱，後由當時的一線歌后紫薇翻唱，更是家喻戶曉。但很多人可能都不知道原版的莎韻悲劇。

二〇一一年，新光金控總經理林克孝在此山難身亡，新聞報導他因尋找一條「莎韻古道」而失足落崖喪命，莎韻的故事才又引起媒體報導。事實上，這位台灣金融界才子十分關注泰雅族過去的歷史及生存空間。曾寫了一本《找路—月光．沙韻．Klesan》（二〇〇九），並常常利用公餘揪集山友探訪深山縱谷，特別想去尋找早年泰雅族人如何被迫遷徙，從南投翻山越嶺來到南澳定居的故事。他認為這裡的深山裡充滿了童話，「還有太多山裡相同或不相同族群傳奇或遺址值得留下與追思。」可惜他壯志未酬，在探勘過程中命喪懸崖。

如果有人問我：為什麼去了那麼多次的南澳呢？我會回答說：每回我都會帶著一顆「尋趣」的心情去那兒！它是台灣最靜謐、最樸實的世外桃源。它交通便捷，有充滿童趣的火車，有美麗的公路，有深不可測的大海，有層層堆疊的高山，有浸涼的溪川，也有直直落的瀑布，有蒼鬱的良田，有溫煦的徐風，有說不完的故事，更有許多讓人靜觀發愣的美景。

（二〇二一年四月）

中橫縱走

提起這條建於一九六〇年，橫貫中台灣，翻越崇山峻嶺的中央山脈，由台中直達花蓮的橫貫公路，幾乎沒有彼時的大專青年會說那不是他（她）的記憶。在那個憂鬱，沒有太多文康活動，沒有網路，沒有手機的戒嚴時期，這條由國民政府規畫，美元挹注，動員數千甚至上萬人力，尤其是由大陸撤退解甲的軍士，流血流汗開鑿打通的公路，便成了最佳的勵志活教材。因為它也是國民政府遷台以來所完成第一項極其艱鉅的基礎建設。台灣東西兩岸雖然相距不及三百公里（東勢至太魯閣為一九二公里），但只需一天七小時的車程便能抵達相通。即便得翻山越嶺，險象環生，冒著落石不斷、氣象變化莫測的危險，但一旦走進高山寒帶，林相殊異，便有連綿不斷絕倫的風景映在眼前。懸崖峭壁，山洞曲折，不知吸引多少遊人讚嘆。開通以來，公路局安排了彼時最高檔的「金馬號」車隊來回行駛。救國團號召大專青年徒步健行，體驗「刻苦克難」、「人定勝天」的氣魄。但是，我在念專科時期，因得打工貼補家用，沒能趕上這股堪稱「成年禮」的熱潮，去參加救國團的「中橫健行隊」七天六夜的活動，只是日後逐年分段完成這項壯舉。

梨山打工

大三那年，偶然在學校海報街上看到一則徵工廣告，內容是暑假到梨山摘果打工。我從小跟在祖父身旁務農，也在住家附近的市場賣過自種的蔬菜，看了也就躍躍欲試。回到家，便去詢問小我二歲住在隔壁的萬益堂叔願否同行。之後，我們便一起報名參加。結果也真只錄取我們倆。那一年，一放暑假，我們在重慶北路某處會合，搭上一輛小貨車，我們就坐在後座幾張臨時擺上的矮凳子上頭，就這樣一路殺上梨山。那顛簸難受的情形可想而知。過了東勢，進入山區，隨著曲折蜿蜒的山路，不斷左彎右拐，昏頭轉向，幾乎平躺著抵達終點。那應是過了梨山大街，往福壽山之間的一段路旁。停車後，我們還得拾級走下百餘公尺深的坡地，才赫然看見一座規模類似工寮的農舍。中央一間大廳兼做倉庫，一側是睡覺的通鋪，另一側是一間簡陋的廚房，衛浴間則在屋外。前方有個小院子，可俯瞰屋前遼闊的山谷，四周是植滿茂盛的果園。

雖說盛夏，但海拔近二千公尺的山區，晝夜溫差大，夜晚更有如初冬，清晨經常結霜，山泉冷冽。大清早也不可能燒材煮熱水盥洗。自此，我一生不管多麼寒凍，便養成冷水盥洗的習慣。我們一共在山上待了二個月。雖是果子成熟季節，可是家住台中的老闆甫租下這片有點兒荒廢的果園，並沒有摘果裝箱運下山去銷售。而是要我們倆挑選，摘下幾顆碩大的二十世紀梨自家享用，或準備送給他的親友品嘗。其餘的就任其掉果充做肥料。我們倆工作最多的就是除草及整地，以及搬運從城裡訂購運上山的化肥。貨運卡車只能在路旁卸貨，再由我們一包包地扛下工寮堆放。扛運這些沉重的化肥走下坡路頗為吃力。幾趟下來，腳下的大拇趾便直接將那雙紅色新買的「中國強」球鞋給撐破。所幸工資還算優渥，也就沒跟老闆多計較。兩個月下來，我居然練出六塊腹肌，這也該算是額外的收穫吧！

由於天天得做工，又沒有交通工具，也沒能走訪梨山大街，或到鄰近的山頭逛逛，只有晌午時分在果園閒逛，找些奇花異草，或爬上果樹挑些成熟的碩果吃。當時果園並未種植蘋果，可能技術尚未臻熟。倒是工寮一側種植了幾棵水蜜桃，這也是我生平首見，紅彤彤的果子，掐得出水，又甜又多汁。我們倆也就不客氣地摘來享用。那滋味大概是有生以來吃過最甜美的果子。有一回，在除草時拔掉一兩株「雜藤」，結果卻拉出好幾顆圓滾滾的莖球，將其切開，現出多汁的果肉。最後不得要領，還是將它們扔到一旁。事隔多年才弄明白那是馬鈴薯。坦白說，雖有過這趟中橫初體驗，卻有如入寶山空手回，完全不識其真面目。

直到數年前，專科時期的同學辦了一趟中橫行。第一天夜宿廬山泡溫泉，那兒可仰望到玉山的一角，也是登此山峰的必經之路。第二天小雨，夜宿梨山。此時梨山早已是中橫中繼點及樞紐站，人來人往，景觀壯麗，觀光設施精心規畫，儼然是中台灣最美麗的山城。為珍惜這難得機會，天未亮便起床，隔窗盯著對邊山頭的日出風光。早餐後，逛了一下唯一的大街，此條商店街如市區的早市，早已人聲鼎沸。我們到梨山賓館前的廣場集合，隔著廣闊的山谷，驚嘆地望著對面合歡群峰奔騰的行雲及雲瀑，映著剛甦醒深綠的山景，彷如一幅天然油畫，令人久久不忍離去。

東勢提親

專科時期的死黨廖維平，認識一位東勢姑娘，論及婚嫁，邀我同行南下台中提親。那時我在報社採訪組工作，可順便擔任攝影。那是個農曆春節過後不久春寒料峭的日子，我們先到台中小歇，準媳婦已先搭車返家準備，也建議我們完事後可上合歡山追雪。就這樣，我有了第二趟梨山行，卻過門不入，直奔合歡山。我先在台中補買了一件套頭毛衣，到了山上，天氣冰冷，卻未見飄雪。身上一身西裝，只得將其翻穿，略似反穿棉襖，免得遭來訕笑的眼神。一路觀光客不絕於途，踏著碎冰的小徑，遠眺白皚皚的山頭。

隨後，我們折返參觀新建完工（一九七四年九月）的德基水庫。雖然它是台灣第四大水庫，但因建於狹窄的河床，呈錐形建築，旅客只能從遠處瞥見一角。這座水庫原名達見水庫，日治時代（一九三四年）即已著手規畫，後因戰事而停頓。直到一九六九年十二月，國民政府湊足資金，並邀集義大利和日本工程團隊合作，歷五年完工，它位居海拔一四〇〇公尺處，是供應台灣中部水源最重要的水庫。後因大甲溪上游（即梨山地區）過度墾殖，土壤流失沉積水庫，又因施肥汙染，而有所折損。二〇二〇年更因乾旱，水涸見底，迫使中部居民限水過日。所幸隨後降下甘霖，才免於諸多不便及災禍。

回程我們到谷關小住一宿，此地因群山環繞，恰似關口而得名，原為泰雅族部落生活領域，是中台灣最著名的溫泉勝地。一九〇七年原住民發現溫泉湧現，是為碳酸泉，且質地優良，水源豐沛。直到一九二七年日治台中州政府才撥款建立公共浴場，取名明治溫泉。一九六〇年中橫開通，此地更搖身一變成了熱門觀光休憩景點。一九九九年九二一大地震，上谷關至德基水庫路段出現近百餘處坍塌，修復不易。二〇〇四年又逢七二大水災肆虐，中央政府決定讓中橫休養生息二十五年。從此谷關成了西部中橫的終點，但觀光遊客依舊絡繹不絕。

開通中橫

台灣因海拔三千公尺的中央山脈聳立，分隔東西兩岸。西部平坦寬廣，開發較早，尤其近三、四百年來漢人大量移入。東部山脈林立，處處懸崖峭壁，或峽谷深壑，只有零星幾處平地，遂一直與外界隔絕。漢人一批批跨海前來墾殖，以民間力量開拓疆土。明末鄭成功據台稱王（一六六二），但只限於嘉南及高雄地區。一六八三年旋為滿清所滅，收為大清疆土。有清之際，台灣地圖只繪西部，東岸猶如化外之地，神祕莫測，鮮少漢人入墾。後「開蘭第一人」吳沙率眾二百人入蘭陽平原（一七八七），另陸續有漢人乘船越過巴士海峽，至花東平坦之地落戶。縱貫全島的中央山脈一直被視為難以克服的天險及障礙。

近代海運興起，列強環伺台島。一八七五年清廷派沈葆禎治台，強化西部防禦能力，也朝東深入山區「撫番」，開闢了八條橫貫山路。其中最著名者為竹山到玉里的八通關便道，唯只能供人行走，效益不彰，加以維護不易，鮮少發揮交通作用。及至日治時期，為有效控制全台，日本軍警動用強大火力「治理蕃人」。東部有殲滅太魯閣族之戰役（一九一四年五至八月）；西部有霧社

白楊步道，令人讚嘆的光影。（2022）

屠殺事件（一九三〇年十月），大肆殺戮立霧溪畔之原住民。這些太魯閣族為賽德克族旁支，十六世紀由南投翻山越嶺來此定居。理蕃之後，日本政府強迫生還者集體遷往山下平地居住。之後，日人開始規畫如何打通中央山脈，及開發山區資源。唯太平洋戰爭旋即爆發，日帝潰敗投降，退出台灣而告停頓。

一九四九年國民政府遷台，兵疲財困，一九五一年起先展開開闢中部東西橫貫公路之探勘。五年後選定東勢到新城段，即在日人已初建的聯外路段上，加開天祥、梨山、德基路段。工程艱辛無比，經費八成來自美援，六座鐵橋則是之前法國運往越南興建鐵軌之用材，後因越戰爆發，美國轉贈予台灣。歷三年九個月始打通，動員近一萬二千名人員開路，計有二二五位開路工人殉職，建祠於花蓮長春祠，供世人緬懷感恩。這條橫貫公路的開闢，原先是為了軍事防禦需求，其次是交通連結東西兩岸，開發山林的經濟資源，以及安置退除役官兵就業。如今，它已成為提升國人生活品質，休憩觀光旅遊的熱門景區。

一九九九年九二一大地震後，中橫道路柔腸寸斷，修護不易，政府決定封路封山，讓山林休養生息。梨山通往台中地區之交通頓時停擺。唯附近仍有替代公路，情況尚不致徹底崩潰。如台十四甲線，草屯經埔里、霧社，可通廬山溫泉、清境、合歡山，再接台八線抵梨山。另外，也可從宜蘭羅東走台七甲直達梨山。前一路線堪稱觀光旅遊專線。後一路線則為經濟命脈路線，全長只有一〇六公里，山區名貴的水果及高山蔬菜皆由此路輸出。不過山路依然崎嶇陡峭，若能避開貨運車隊，沿途風光亦頗能引人入勝。只是沿路坡地大量開墾種植，幾乎寸土必爭，令人頗為憂心。二〇一八年十一月，政府同意局部復建便道，但嚴格管制車流量。豐原客運八六五號公車也能從谷關入山行駛至梨山，公路總局也提出三個長久的復建方案，包括開鑿更多隧道，改行相對安全的地下通道。

大河傳奇

中橫開闢後，太魯閣的中式牌樓，以及日治時代打通的山門隧道口，頓時成了台灣東部風景勝景的招牌。只稍提及「花蓮」，必定聯想到「太魯閣」這片世界等級的景區。遼闊深邃的河面，映著蒼鬱的原始山林。河左岸台地是太魯閣國家公園行政及旅客服務中心，建築美輪美奐，且巧妙融入背景。居高俯

綠水步道，仿如行走在空中。（2017）

瞰，山河風光盡收眼底。不論搭乘火車，或行駛於蘇花公路，一過崇德，走出隧道，心底便期待這一片豁然開朗的大河口。它是如此寬敞遼闊，不難想像滿水位，山區大水洶湧澎湃驚心動魄的畫面。

這條大河確實來歷不凡，與西岸的大甲溪遙相呼應，全長五十五公里，是東部最大河川。因切割出落差達一千多公尺的太魯閣峽谷而聞名。不僅於此，東岸中部中央山脈迎風面的雨量幾乎匯集於此，然後爭相往海口奔流，如千軍萬馬之勢，堅固的大理石地層都能貫穿。日積月累，千年萬載，遂形成深邃溪壑，令人稱奇。平時溪水不深，潺潺流過，好不清涼。連日風雨過後，經常土石傾流，如山洪暴發，溪水瞬間暴漲，可達百米，甚至數百米之深，淹過路面，侵蝕路基。夾帶泥沙、石塊及倒木直衝而下。是以，中橫逢大雨便成災，復因位處地震帶，經常天搖地動，落石不斷。颱風橫掃過後，必定滿目瘡痍，路基流失，或山崩中斷，這早已是日常便事。

這條大河名為「立霧溪」，當地原住民語為「大河」（Yayung paru）之意。雖位居「後山」化外之地，但早已見諸開發史冊。該地新進發掘的考古遺跡，證實早在一千餘年前，即有北部淡水河口的「十三行文化人」，乘坐獨木舟「艋舺」（Banka），大老遠冒險來此開採及冶煉礦石，尤其是溪床上的金沙。蓋大水沖刷，勢如破竹，往往輕易粉碎巨石，又翻滾河床，亮出堅硬礦物，古代即已見著。之後，葡萄牙人、荷蘭人、西班牙人聞風而至，爭相開採。最具規模者，莫過於日治末期（一九四〇）在此砸下開挖設備，並沿河開闢「產金道路」。最初這條通道僅供人行，後逐步拓寬，可供車輛行駛至天祥。國民政府接收後，再予以拓寬修建，成了中橫東段，它也是最令人稱奇讚嘆的天工奇道。道路沿河床山壁開鑿，或打通隧道，曲曲折折不知凡幾，令人昏頭轉向，忽又柳暗花明，豁然開朗。尤其燕子口、九曲洞路段（如今已截彎取直，修建隧道，而人車分道），旅客可貼近觀賞，甚至觸摸。金尚德先生出版《百年立霧溪：太魯閣橫貫道路開拓史》，序言提及「太魯閣人、清兵、大和民族、阿美族苦力、乃至於大陸榮民。他們在不同的時代於此開拓，來去之間，留下了這條大河上的史頁長篇」。

夜宿天祥

早年花東難行，遲至念專科時才成行，原因是「花蓮輪」甫開航（一九七三年），因好奇嘗鮮，隨鄰座的同學葉日隆返鄉，搭過一回。夜間由基隆出海，隔日清晨抵花蓮港。但不知何故，可能太過匆促，並未留下太多印象。我的花蓮也一直停留在大山緊貼，房舍簡樸的印象。直到數年前有了一趟機車環島行才大為改觀。此時花蓮已相當現代化及繁榮了。多年前曾隨研究所班上的畢業

陡峻的山壁及明隧道。（2022）

學生同遊花東，也深入到天祥，才有第一次深刻的接觸。那回並沒有在中橫過夜，只記得大夥走過一條相當平坦好走，沿途風光綺麗的步道，最後每人拿出預備的簡易雨衣，走進一個黑黝黝的隧道，給迎頭傾洩而下的山泉淋得濕漉漉的經驗。但一直不知道它是在哪個方位及名稱。直到二年前首度夜宿天祥，看到指示路牌，前行九百公尺，走進白楊步道及水濂洞，那種重逢的熟悉感才湧上心頭。在這之前，也曾攜家帶眷與隔壁鄰居張老師一群退休同事同行，行走過砂卡礑步道（昔稱「神祕谷步道」），日治末期所建，為了開發立霧溪的水力發電計畫而開鑿。這條水力發電工務道相當平坦好走，開鑿於山腰，一側是寬廣的原始河道（砂卡礑溪），路基相當平坦，可行小型車輛。新近還立了告示牌，言明山裡仍有原住民聚落，他們會騎機車通過，不必過於驚慌。

有一回，一向喜愛獨行踩線的內人，邀我天祥一日遊。我們倆搭乘客運經雪隧到羅東，轉乘火車至新城，然後再轉搭台灣好行觀光公車，駛往天祥。沿途風景宜人，好不愜意。由於不趕時間，也未作旅遊規畫，便詢問司機有何推薦景點。這位帥氣有禮的年輕司機建議我們在綠水站下車，那兒有個休息站及地質展示館，後方有一條「綠水步道」。結果真是不虛此行，行走在一條人煙稀少的原始山路，還拐過一座高聳的懸崖，險峻的轉角處可遠眺下方深不可測的立霧溪及綠水河階。二小時不到的行程，一路既輕鬆又驚險。這條山路原是日治時期的理蕃道路「合歡越嶺道」的一段。從合流走回中橫，之後再搭車前往不遠處的天祥。我們在天祥這片台地及河谷略做遊覽。從基督教會招待所後方走山路至救國團活動中心，然後再折回中橫公路。右側有一座古樸的天主堂。幾隻瘦小的虎斑貓慵懶地躺在院子裡曬太陽，花圃種了些平地少見的花草。停留二個多小時，便搭車折返，完成這趟親切溫馨的中橫之旅。

事隔多月，總覺得意猶未盡，便邀內人再次造訪。此回決定夜宿天祥，期待有更豐富及迥異的體驗。我們選了天祥天主堂附設的旅人客房，不是因為它收費低廉，而是看中它的人文韻味。這座天主堂是在中横開通後半年即在此選地建基，屬天主教聖方濟教派，應算是這片山谷台地最早的宗教場所。稍後佛教也建了祥德寺及七層高的天峰塔，遙相對望。之後，基督教會也在山崙上建了靈修的招待所。如此各信各的，也算是台灣山林之間少見之景。

夜宿天祥確有許多意外收穫。這片群山圍繞的山壑，古稱「塔比多」（Tpedu），因長滿山棕而得名，後為紀念南宋忠臣文天祥，於一九六七年改名迄今。大沙溪與塔次基里溪在此匯合成立霧溪，然後一路奔騰入海。中横公路以九十度彎曲跨河繞過。設有旅客服務中心、一家不賣酒的7-11，樓上是中横開拓紀念館。後方靠河的幾棵大樹是台灣獼猴的棲息地。天主堂居高臨下，山谷風光盡收眼底。夜晚走上屋頂露天平台可仰望星河，聽見遠處零星車輛駛過及潺潺水流聲，偶爾還有對岸山壁岩石突然崩落河床的巨大聲響。

我們跟天主堂的負責人約下午三時入住，但等了半晌還不見人影。整座天主堂彷如無人之境。後來見一位五十開外的先生也在一旁等候，寒暄幾句，問他是否騎坐一旁的機車上山，他回說不是，而是從梨山一路步行下來的。看他身形矯健，平素應該經常登山行走。原來他老家在花蓮，北漂台北，退休後特別選擇走中橫，前來與妹妹一家相聚。第二天大清早，我們在陽台享用自備的咖啡早點。他已盥洗完畢，準備出發。看著他頭戴寬大斗笠，一身輕裝，側背一只背包，邁著大步，心底好不生羨。

步道之旅

台灣山林占了全島三分之二的面積，也是我們重要的生存空間。國家公園的設置可說保住了它的精華。一九七二年立法通過的《國家公園法》，規定「為了保護國家特有的自然風景、野生物及史蹟，並供國民之育樂及研究。」這些珍貴的自然資源很輕易會被私人占為已有，或恣意破壞，透過國家的保護、管理、經營及永續開發，讓人們與這些珍貴天然資產和諧共處，不論歷史山徑古道，供人尋幽探奇的登山步道，或賞花怡情的林間小徑等等，都能體現穿越時空、物我合一的感受。太魯閣國家公園管理處共轄管三十三條步道，從最老少咸宜的散步道，到攀登百岳級的登山道，分類分級規畫。走在這些步道上，尤其是歷史古道，踏著前人開鑿、流血流汗走過的山徑，遙想當年的悲歡離合、生死訣別，思古幽情油然而生。或看著沿途綺麗風光，想著人生幾何，或者一期一會，也增添天人合一的情懷。

二〇二三年農曆春節期間，僅僅三天內，布洛灣景觀步道的「山月吊橋」就湧入九千六百名遊客（平時採預約管制），可見民眾對休憩活動及景點的需求。這座吊橋長一九六公尺，深一五二公尺，目前已是第四代建物，是該國家公園最壯麗的觀賞景

燕子口舊時通車的公路隧道，鬼斧神工的開鑿。（2022）

點之一，橫跨立霧溪，可一覽燕子口險峻的峽谷風光。日治時期，它是殖民政府「理蕃」的重要通道，初建於一九一四年，一九三〇及一九四一年又修建及重建。據國家公園告示牌說明，當初日警派駐此地，見如此險惡吊橋，莫不心生畏懼，而當下萌生辭意，故當時有「辭職橋」之說。

這些步道中最驚險的莫過於錐麓古道，是太魯閣國家公園境內唯一的史蹟保存區，錐麓古道為日治時期「合歡越嶺古道」殘存遺跡。是太魯閣峽谷最壯麗驚險的景觀。全程共十公里。目前僅開放三公里，即錐麓吊橋至斷崖駐在所。需申請入園許可，平日僅九十六人，例假日增加至一五六人。更早時期這條古道是太魯閣族狩獵及各部落間聯繫要道。原路徑寬度只有三十公分，僅容得下並立的雙腳，得緊貼著萬丈懸崖行走。一九一七年日本人強徵平地阿美族原住民壯丁，將小徑拓寬至一點五公尺，以便通行或扛運火砲及物資。迄今，我尚未能前往遊歷，唯透過已到訪的直播主的影片，以及 Youtube 上的空拍影片，即可感受到其壯闊險峻的風景。不過，眼見為信，將來一定會親訪此一步道，體驗這分穿越時空的震撼感。

令人感動的公路

中部東西橫貫公路（台八線）開通已逾一甲子，雖因天然災害致部分路段中斷，或只能有限開放，管制通行。但將它修建完成應是全民所願。這條原是基於國防需要開闢的越嶺戰略公路，也同時完成了打通台灣東西兩岸，帶動經濟發展的任務。且出乎預期的，它也成了當前最熱門的高山景觀公路，帶動並提升國人休閒品質及周邊旅遊效益。每年初春的櫻花季，賞花遊客如織，車輛不絕於途。夏季更成了避暑勝地，人人競相上山，享受那沁涼的空氣和潺潺溪水。秋天更早降臨，黃紅飄落的楓葉及落羽松將山林換了彩妝，如夢如幻。冬季則有人伺機上山追雪，或挑戰寒訓。這條公路不僅有可歌可泣的歷史，更能讓人親近山林。

早年開通中橫的另一項軍事用意，在於安撫隨國民政府播遷來台的軍士，讓部分軍士解甲並參與國家基礎建設，以仿效古代屯兵於農方式進行。彼時擔任退除役官兵輔導委員會主委，也是實際執行中橫開路建設的蔣經國先生曾明確指出這項「安置退除役官兵就業」的任務。將近六千名軍士投入築路工程，一則可穩定軍心，另則可保障社會安定。當初，為提供開路工人新鮮蔬菜，也派遣部分軍士整地種植，後來更擴大規模成立了梨山、福壽山、武陵、西寶及清境農場。俟公路打通，便又安頓這些軍士進駐農場工作。政府更引進台灣所缺的高冷蔬菜及溫帶水果，這些收成也透過中橫行銷到台灣各地。歷年來，在退輔會及農林單位的全力照顧及大力支持下，這些農場已搖身一變成了引人嚮往的休閒景點。總之，中橫是台灣立基發展的縮影，它有著滿滿的人文歷史，也是台灣精神所在。沿途有著無以勝數令人讚嘆不已的高山風光及綺麗景觀，是任何遊客不宜錯過的旅程。

（二〇二二年二月）

澎湖遊走

我有一位從不會拒絕朋友的老友，一向主張自由教育的他，對兒子的要求也是有求必應，曾說了一句名言：「孩子有想法，做父母的就得設法。孩子若沒有想法，做父母的更要設法。」我這趟澎湖行，基本上，也是遵循這樣的「孝子」（孝順子女）哲學成行的。

很早我就奉行「節能減碳」，是個標準的公車捷運族，家中唯一的交通工具就是一輛老式的捷安特自行車，車齡已超過十歲，是女兒出生時訂報二年的贈品。我們父女倆靠著它度過了十年寒暑。我載著她遊遍住家附近的大街小巷，公園綠地。從她可以坐穩前座的藤椅架，東張西望，到只能坐到後座的軟墊，左盼右顧風景。好幾回她都婉轉地問我：「阿爸，你會不會騎摩托車？」因為她實在羨煞了紅燈前那群帥氣的機車騎士，還有，站在前方或坐在後座的兒童乘客。澎湖是我想到可以讓她見識到老爸飆機車的最佳地點。

丁香魚依舊飄香

的確，三天兩夜下來，她終於領教到風吹雨打，炙陽罩頂，雷雨交加，風馳電掣的快感與刺激。為了尊重當地政府的規定，在限速七十公里的路段，我都盡可能只飆到八十公里。如此暴露在車體外的速度，大概也是她生平頭一遭吧！回來後，她媽媽問起，她說很過癮，只是穿短褲的腿被強勁的雨滴打得苦不堪言。

澎湖的路況十多年來改善得太多了，與十五年前滿目瘡痍的印象不可同日而語。那時，澎湖全境正大興土木，大搞基礎建設，到處開挖擴建，遍地可見咕咾石古厝，或荒蕪廢棄，或橫遭腰斬，那光景好不淒涼。一路上，我拿起相機猛拍，感嘆此情此景不復再見。此回舊地重遊，我竟連拿起相機拍攝的衝動都沒有，尤其在馬公本島。是我的激情不再，是我的感動淡了，還是我的好奇心沒了？整個馬公本島簡直快要找不到澎湖的特色！筆直寬敞的馬路，綠葉成

大清早坐船出海前往無人島賞鳥。（1988）

蔭的路樹，偶爾會冒出幾叢瓊麻點綴，還有，就是那些走遍天下隨處可見的路標。連一棟完整的咕咾石古厝都給鏟平，或翻修成庸俗不堪的水泥洋樓，只有郊野仍可見到幾頭放牧的黃牛。港灣停放的也盡是現代引擎的汽艇，海上飛馳的也都是由它們所劃出的一道道的白痕。傳統的馬達舢舨不見了，或自慚形穢地躲到一角。熟悉的湛藍，溫馨的噗通噗通聲，黑黝黝的漁夫面孔也都不見了，甚至連裹著一如阿拉伯婦女的「澎湖美人」都要尋尋覓覓。幸好，偶爾老遠還可以聞到曝曬在路旁的丁香魚的飄香。

我心想，澎湖現在缺的，過去有的，不就是一座結合歷史人文、文化經濟、休閒產業的傳統船塢，在那兒由傳統民俗工匠親手示範，用他們瀕臨失傳的工藝打造傳統舢舨，讓世世代代的遊客親眼目睹，去撫摸每塊扎實的木材，去體驗海上作業搖晃的工作環境，去感受漁民的生活處境。而不是不斷地添購現代化遊艇，或者去營造某個希臘化的海岸風格。

漁人之島的魅力

澎湖大概是我當時除了故鄉台北市外，去過最多次的地方。早在大學時代，不知是誰先起的念頭，可能是讀到最早航經此地的葡萄牙的海上探險家給它取的神祕洋名「Pescadores」（漁人之島），還是它有著比台灣本島更早遠的開發史，我和同窗室友決定畢業前來一趟澎湖行。我們相約高雄見，然後搭上夜行的台華輪。第二天清早，快到馬公前突然起了風浪，我幾乎是暈躺在甲板上才又搖搖晃晃登上碼頭。還記得一張和他合照的登陸照片，兩個大男生面色如土，穿著彼時流行的寬條紋水手衫。第一夜，我們就睡在港邊古樸的日式旅舍，幾張榻榻米的小通鋪，夢裡還搖晃個不停。之後，便是一趟驚奇無比的「發現」之旅，我們搭公路局汽車環島遊覽（當時並不興租車這玩意兒）。馬路狹窄，大概只通一輛中型巴士，彎彎曲曲，起起伏伏，處處有廟宇，村村有港灣。炙陽，藍天，古厝。船隻慵懶，牛兒悠哉，島民忙進忙出……

遊澎湖一定會到這兒的媽祖廟拜謁，它已有八百年以上的歷史，比台灣全島的開發早了足足四百年有餘。古樸肅靜，完全沒有台灣廟宇的喧囂和俗麗。尤其右側的古井，那可是滋養了不知多少世代的子民，望之不禁肅然起敬。再往前行，則是一段新修的文創街區，少了應有的歷史感，反而覺得有些格格不入。有一回在飲料店裡與一位傳統打扮的大嬸聊天。她開口閉口「你們台灣人」聽來真不是滋味。顯然她並沒有太多政治聯想。台澎金馬本來不就是一國嗎？或者澎湖與台灣應該「一邊一國」？但從地理上看，她住澎湖，你們來自台灣，當然她可以說「你們台灣人」。總之，政治對立完全受政客操弄，搞得大家神經兮兮的。

一八八五年清法戰爭，澎湖一度淪為法國占領地。法國軍隊在北越敗於清

望安島中社花宅聚落的咕咾石古厝，遙想當年的人聲鼎沸。（1988）

將劉永福的「黑旗軍」，遂轉移目標從海上直取基隆、進犯及封鎖淡水。領軍的法將孤拔（A. A. P. Courbet）將指揮總部設在馬公，旋不久便染病身亡，舊時的導遊書上還標示著「法國將軍墓」。他是當時法國遠東艦隊的統帥，靠著船堅砲利及戰術，打了不少勝仗。尤其以徹底摧毀福州馬尾造船廠及清朝新建立的「南洋艦隊」，最令人非議。馬尾造船廠原是另一位法國駐華武官日意格（P. M. Giquel）費了千辛萬苦所籌設。他曾為清廷賣命，協助平定太平軍，最後說服左宗棠及沈葆楨奏准朝廷，設立馬尾造船廠，培育中國海軍，並派優秀生員遠赴法國及英國習藝，辛苦編隊成立「南洋艦隊」（台南建成的駐軍堡壘「億載金城」也是由他一手策畫）。結果，貪婪的法國殖民政府將之毀於一旦，讓清廷更加積弱，任由列強宰割。

往跨海大橋的途中，必定會經過西嶼鄉的二崁陳家大厝，建於一九一二年，形制為三間三進宅院，屬閩洋折衷式樣建築，一九八八年公告為縣定二級古蹟宅第。其建造歷史並不算長，唯其閩洋風格，且保存良好而被收錄。宅院裡還住著幾戶人家。與一位收門票的年長大嬸閒聊，她很哀怨地說著：「有本事的都搬出去了。」的確，澎湖這個離島也算是個僑鄉，每年都會輸出許多優秀的子民到外地打拚。移居外地發展及繁殖的人口應不亞於全島現有地居民。澎湖群島位於台灣海峽中線，有其不容小覷的戰略地位。復以海洋資源豐沛，發展海島觀光亦是它的強項，近年來的基礎建設也相當完備。

陳家大宅後方是一片突起的高丘，老遠就聽見半空中鳴叫的鳥叫聲，這是俗稱「半天鳥」的警戒聲。這種體型瘦小的海鳥（澎湖小雲雀）相當團結互助，同伴在地上覓食，必定會有一隻主動飛到天上鳴聲警戒，且輪流值勤。地上長滿開著小黃花的天人菊，一種類似波斯菊的花朵。野生的天人菊如果群聚在一起，盛開著黃色小花，遠遠望去，背著湛藍的海面，宛如一張亮麗的油畫，令人驚嘆，這也讓澎湖有個極為雅致的別稱——「菊島」。

望安島上的勇者民宿

第二次重遊，是由高雄搭直升機直飛七美。生平頭一次坐上這種六人座的迷你飛機，整個人像是被「塞進」某個模具，然後懸掛在半空中，腳底下就是沸沸騰騰的台灣海峽，那種驚悚的感覺絕不下於普普通通的「暈機」。這也是我與離島中的離島的第一次接觸，任務是永興航空公司新航線的採訪工作。坦白說，連驚鴻一瞥都來不及，吃頓應酬飯，拍攝幾張照片便折返台北交差。真正發現澎湖離島，那是七、八年後，過完一趟歐洲留學，利用暑假偕同內人同遊。因為我們就是想接近海洋！這回捨棄了馬公本島，搭交通船直奔南方的望安島，一個充滿人文歷史，既豐富又無比獨特的島嶼。

我們搭交通船從馬公駛往望安，一路上船老大放著閩南語有關「海」的各年代流行歌曲。歌聲滿載著行船人的哀怨，飄盪在無垠的海面，乘風破浪地向前滑行。如此貼近實境，真教人感動。登上望安島，一切是那麼的簡單。當時幾乎沒有「碼頭」，沒有店家，沒有中油加油站，也還沒有「綠蠵龜觀光保育中心」。我們決定暫不投宿之前預定了的旅社，先租機車做環島觀光。沒幾步遠就赫然驚見開張不久的「岩川休閒渡假中心」，它大概是當時全島最有企圖心的「民宿」（這個字眼當時還不流行），看了房間，當下就決定進住。老闆親切，斯文中帶有幹練，是見過大山大海的討海人模樣。

之後，內人又推薦給她的大學同學，浩浩蕩蕩組了一個同學會參訪團。大夥乘船繞行諸島，又浮潛觀賞珊瑚，各個玩得起勁，傍晚還登高拍了一張絕美的團拍。此回重遊敘舊，才又獲知整個岩川的建設都是王老闆親手所擘劃興工的，且他還是個藝術水平頗高的雕塑家，門前矗立的鐵條焊接的「釣客」造型就是他的傑作。他還有一位堆滿笑靨美麗的賢內助，夫婦倆慘澹經營了二十年，還開發了許多套裝活動：浮潛觀珊瑚，出海釣大魚，搭船賞海鳥，以及跨海走將軍嶼（僅相隔一水道，人口鼎盛，出產最多船長的島嶼）。

我們仔細遊歷島上的每個角落，看到令人驚嘆的歷史古厝和保留最完整的

望安岩川休閒渡假中心的壁畫者王長壽與內人。（1988）

「中社花宅聚落」，讓人遙想當年熱鬧的榮景。這個聚落建於一六八〇年，是文化人類學者重要的田野研究寶地。雖然屬漢人聚落，但極可能是當時已入籍漢化的阿伯裔子民從事海上貿易的中繼站。沿著緊鄰的網垵口，在水波逐岸的沙灘上撿拾貝殼，當時這兒還沒整建，只是一片原始沙地。我們隨意便撿到許多古時的碗盤碎片，上頭還依稀看到古樸的圖案。內人感動不已，回來還花了大半年的時光，收集和研讀資料，準備寫一部「青花殘卷」的小說，敘述三、四百年前此地的海上貿易，以及想像中的海難。最後雖然束之高閣，但她卻發動同班同學，辦了一趟望安之旅，讓大大小小二十多人盡興而歸，而她就是最現成的「地陪」。

之後，我也組團帶了三位新朋友同遊澎湖，望安當然是必宿之地。可惜當時品質未能及時提升，讓這幾位台北嬌客不勝適應，尤其是黃昏的蚊子部隊，夜裡的蛙鳴，以及被褥的濕氣。但老闆夫婦的熱情不減，尤其老闆娘的廚藝，幾乎讓馬公港邊的海鮮店相形見絀。如今，青出於藍，當年利用暑假回來幫忙的高中生，已悄然取代母職，做出更高檔次的海鮮大餐，幾乎可說「獨步望安」。據他們所言，二十年來岩川徹底整建了三次，歷經酷陽的曝曬，海水的腐蝕、颱風的肆虐，是海島居住最殘酷的宿命。

吉貝島的無敵沙灘

北方的吉貝島的小木屋，也同樣在幾年前毀於祝融。難怪剛上岸時有點兒不曾相識之感，似乎少了某塊記憶。所幸，那舉世罕見、綿延超過一公里的沙灘依然健在，它毫無瑕疵，沒有雜物、沒有野草，細綿綿的沙子彷如踩上柔軟的絲絨那般，不知感動多少遊人過客。我們父女倆甫一上岸，便迫不及待地將行李丟進民宿租房，換上泳衣直奔沙尾沙灘。只是車行不及五百公尺，午後雷陣雨便傾盆而下，女兒拗著不肯回頭，但我還是果決地調轉，重回民宿。隔著窗，無奈地觀看烏雲滿天，雷聲轟隆，大雨滂沱的島嶼。一群群敗興的戲水客頂著雷雨，落荒逃竄，快速地駛回小鎮。遠方的沙灘頓時由亮黃轉為灰暗，看似向我們招呼，又像在做鬼臉。我們足足枯等了一個多小時，好幾回想趁著雨勢轉緩，直奔而去。但旋及又被驟降的暴雨給打了回來。直到發現天邊透出一道淺藍色光芒，我們半刻也不肯再等，冒著漸行漸弱的細雨直奔沙灘。

感謝上天如此刻意的安排，在緊跟著的半個小時內，整座美麗的沙灘彷彿被一股神祕的力量給淨空了。我們父女倆在空無一人的仙境裡，奔跑、跳躍、吶喊、嬉戲，丟沙，拍攝……。邂逅是短暫的，攝像是永恆的！直到夜幕低垂，又飄起間歇性的小雨。夜裡，我們登上一艘俗麗的平底船（實則是拼裝筏子），出海釣小管（一種小烏賊）。兩個多小時的航程，既無趣又無奈，小管不上鉤（全船釣客七十多人，只釣上兩尾），天公又不作美，還有吵翻天的卡拉ＯＫ（客人是唱得不錯，只是音響太三流）。臨上岸，又是一陣嚇人的暴雨。大家

澎湖，國小剛畢業的女兒在空無一人的吉貝沙灘。（2008）

都愣在船上，我和女兒從背包中拿出雨衣，慢條斯理地穿上，在眾人注目下，打頭陣登上岸，好不得意。然後以最快的速度騎回民宿。

澎湖行有太多的驚喜，有的讓你驚嘆不已，有的讓你出乎意料，有的讓你遺憾，甚至扼腕。但保持輕鬆的心情是不變的法則。只是我心底在想，下回去澎湖，我還會有什麼動機？是尋幽探奇，去發思古幽情，去做海上休閒，或是奉兒女之請，或是專程去賭博？我真的不知道。我真的也不知道這趟澎湖行留給我女兒的回憶又是如何。

（二〇〇八年七月）

來去馬祖

對於馬祖這塊極北的領土、戰地、離島，一直有分無名的好奇。小時候，屘叔當兵時抽中「金馬獎」，被派到馬祖戍守。全家頓時惶恐異常，因為那可能是離家千百里，一個有去無回的前線，或者殺戮戰場。在那個沒有手機，沒有照像機，以及不准攝影的時代，每月按時寄回的家書，信封上工整寫著「東引」或「南竿」郵政第〇〇號信箱，更平添神祕感。及至他平安退伍歸來，也極少向我們提起那段日子。就算說了，我們也如鴨子聽雷。倒是年前他退休，自己又去了一趟馬祖，舊地重遊，大概已今非昔比，回來也沒再多說什麼。馬祖就是這樣神祕，又讓人不知如何說起。

二〇〇二年，軍管五十三年後，馬祖解除戰地政務，重獲自由。我便盤算一窺究竟，但總是遲遲未能成行。去年，一位法籍同事孟尼亞（Alain

寧靜的海灣，候鳥飛翔。馬祖。（2008）

Monier）說他去過馬祖好多回，慫恿說值得一遊。此君一向挑剔，馬祖居然能讓他心動！暑假煩悶至極，無心工作，便決定隻身前往。此次距離我上回放單出遊已近二十年矣。那回我獨自一人從科西嘉島東岸，搭車穿過南橫公路，來到西岸拜訪拿破崙的故里阿嘉秀市（Ajaccio）。獨遊陌生地的好處甚多，不僅行程操之在我，無須遷就他人，還可以隨心所欲邀遊，又可以盤整思緒，做出人生決定……。此行我旨在「擺脫」，其次才是尋幽攬勝，體驗戰地風情。我還希望歸來時，能煥然一新。

三天二夜過得飛快，才剛登機，旋又著陸，飛機像選台器那樣，轉瞬間就讓你置身異地。一路上山下海，鐵馬風馳電掣，藍天、綠地、碧海，有好幾回令人不由自主地引吭高歌。頂著酷陽，迎著風，追逐著海味，直到不時撞見林立的兵營及崗哨，才意識到這裡可是如假包換的最前線。烈日當頭，炙陽罩頂，路上行人稀少，只有一身綠色戎裝的士兵，拖著無力的步伐前行，他們像一群沉默的精靈，在這裡承擔一切重任，保家衛國；也在這裡消耗青春，嚮往自由。我何其有幸，來到戰地，卻可以自由遨遊，通行無阻。

憂鬱的海疆，或淨土

多虧當地政府及有心人士的積極爭取，馬祖的神祕面紗才逐一揭曉。早在五、六千年前新石器時代，這片閩江口的串珠島嶼已有人煙活動。閩東沿海一帶居民因陸上生活無以為繼，乃投身海洋，成了海上牧民。然後又陸續移居海島，以灣澳為居，形成聚落，以期安身立命。以東莒（昔稱「東犬」）蕞爾小島的福正聚落為例，曾是該島最繁華的村落，花崗石屋，堅實富麗。二十餘戶住家已全數外遷，目前僅留一戶獨守一村，還有一座仍香火繚繞的白馬尊王廟（白馬尊王為漢初閩越王鄒郢之子，捨身為民除害），建廟已四百有年。

近代因日本海上流寇頻頻南下騷擾，奪船掠財，打家劫舍，朝廷不堪其擾，乾脆下令鎖國封疆。洪武二十年、順治十八年皆明令嚴禁出海，所有移居海島者皆須棄鄉回陸。及至清末，海禁鬆弛，才又興起外移人潮。

一九四九年，國共內戰，國軍敗退，此地無端劃為戰地前線，從此徹底改變了馬祖的命運（馬祖原名「媽祖」，因林默娘捨身救父溺水而亡，屍體漂至馬港，村民建天后宮追謚其孝德。傳言軍方為昭顯陽剛，特意將「媽」字去掉「女」字旁）。軍隊的進駐帶來了物資、人員及建設，然而，戰地一級戒嚴卻奪走馬祖人的一切。馬祖頓時成了「無可耕之地、無可漁之海、無可傭之工」。甚至五、六〇年代，在軍方刻意的明示下，他們「被迫」集體移居台灣。目前三十六列島總人口數不及一萬。人去樓空，村落殘破，酷陽下，北風起，斷垣對映殘壁，荒蕪獨向海景，以及美其名的自然景觀，聚落建築，卻有那永遠揮

懸崖上捍衛疆土的砲台，馬祖。（2008）

之不去的憂鬱。

馬祖的命運是悲哀的。從海上牧民到無地可耕的陸民，甚至被迫自囚在祖先胼手胝足、流血流汗開闢的島嶼。半世紀來，嚴禁島民從事海上作業，所有的灣澳皆設置防禦工事，砲台崗哨林立，濱海人煙絕跡。從未見過漁蝦盛產之地，只有如此稀少的漁船停泊，以及如此單調的漁獲。馬祖人似乎已經忘了他們曾是傳統以漁為業的漁民！馬祖人受到太多不公平的待遇。遍地堅實的花崗石是他們的骨氣，雖然有著不同方言鄉音，北方的面貌，黝黑的膚色，男男女女皆有著樸實且剛毅的神情。只要你主動招呼，皆能獲致親切的回應及笑靨。禮失求諸野，此地反而保留許多閩東風俗和人情。但也只能從婚配、殯葬儀式或廟會節慶中喚起原鄉風俗及海民本色。從他們的建築、廟宇以及當地民俗文物館所陳列的精彩文物，讓人不禁欽佩這群海上牧民終究有著文化底蘊的基因，只是時不我與，才流落他鄉，落戶懸島。

「戰爭不會發生的……」

《特洛伊戰爭不會發生的……》這是法國劇作家吉羅度（Jean Giraudeau）寫於二戰前的反戰名劇。戰爭是人類的伴隨物，戰爭是荒謬的，戰爭應是可以避免的。馬祖人「枕戈待旦」已有五十年，他們也想如台灣人一樣，或像所有愛好和平，享受和平的人一樣，希望能有機會享受個好眠。

不到前線不識國防的艱辛，不至戰地不知和平為何物。馬祖人曾慶幸因媽祖的庇佑，而倖免於中共的砲火襲擊。但馬祖從沒有免於戰爭的威脅。也正是因為金門八二三砲戰的登場，才保住了金馬，也保住了台灣。馬祖反而加強軍備，去防範另一場可能的砲戰。馬祖應是當今之世戰備坑道最密集的戰地，幾乎無島不挖坑道，以南竿可泊百餘艘船艦的「北海坑道」為最。它曾動員數千軍士，不分晝夜，歷時八百二十個工作天，於一九七一年五月完工。此一泊船坑道外圍步道長七百公尺，環行一周需費時三十分鐘，遊客只能用鬼斧神工、驚心動魄形容。可惜因內外水深高低差精算錯誤，以及未顧及颱風及東北季風的破壞力道，而功虧一簣，未能派上用場。這就好比「備戰」半世紀，終究還是以「不戰」及「止戰」收場。雖看似荒謬，但實質意涵耐人尋味。

行走其間，彷彿時光隧道。眼見如鋼材般的花崗石，竟會順著人類意志，溫順地形成寬廣水道。水面平坦無波，彷如一片明鏡，映照著人類的愚忠和恐懼。飄盪的迴聲，乍隱乍現的身影，不正訴說著多少悲痛和輓歌？記得多年前，曾探訪過伊斯坦堡市中心的古羅馬蓄水池，被池中偌大石柱所震撼，動容傷感不已。異教信仰的新統治者撿現成，將破壞的神廟石柱搬來充用，一顆兩三人才能環抱的石材刻有某希臘神祇的清秀面龐，竟被刻意倒置，壓在柱底，看似永不超生，不得自保。

從一級戰區到觀光勝地

連江縣政府印製了許多觀光導覽及旅遊摺頁說明書，相當詳實，也頗具野心。他們打出一句宣傳口號：「馬祖——海上桃花源」。仔細回味這趟體驗，這訴求還挺貼切的。既像乘桴浮於海遁世先民的遺訓，又期待能自外於兩岸紛爭和對峙。更重要的是，它的確能讓忙碌的現代人迅速擺脫例行枷鎖，遁入時空，覓得「出脫」的淨土。最有名的景點應屬芹壁村的石屋及海盜屋。此村保留有許多馬祖早期特色古厝，頗類似於地中海沿岸風格，因此又被稱為「馬祖地中海」。海域不及五十公尺處有一座名為龜島的小小島嶼，與芹壁村隔海相望。

一九九九年馬祖列島成立了「馬祖國家風景區」，隸屬於交通部觀光局管理。除了地形地貌和人文特色外，馬祖列島因地理位置關係，成了多種候鳥過境或渡冬的區域，二〇〇〇年再成立「馬祖列島燕鷗保護區」，主要針對白眉燕鷗、紅燕鷗、蒼燕鷗、鳳頭燕鷗、黑尾鷗、岩鷺、插尾雨燕等七種鳥類。二〇〇〇年六月，曾在此發現在世界鳥類紅皮書中被列為臨絕種的黑嘴端鳳

偌大的「枕戈待旦」是戰地的一級戒備，也是馬祖人的宿命。（2008）

頭燕鷗，共八隻四對。每年五月到八月為最佳賞燕鷗季節，吸引不少國內外賞鳥人士專程造訪。最近幾年又開發夜間乘船觀賞「藍眼淚」的超夯旅遊行程。這種海邊的夜光藻，屬於甲藻門單細胞生物，俗稱海耀，又稱夜光蟲，為一種在海中生存的非寄生甲藻，能作生物發光。轉瞬間，馬祖似乎徹底改變了身分，從戰地到觀光勝地。

馬祖的地理位置離中國大陸比台灣本島近，二〇〇一年一月開始實行辦理小三通客運，由南竿福澳港與福州馬尾進行「兩馬小三通」。單趟乘坐時間約兩小時。二〇一五年十二月又將開闢北竿往返福州黃岐港航線，兩地約八海浬，航程僅需二十五分鐘。旅遊業者更規畫了「馬祖－福建一日生活圈」套裝行程。行政院也正在評估建造馬祖南北竿跨海大橋。而首座跨海大橋，連接北竿島與大坵島的大坵橋，全長五百公尺，則將於二〇二二年底完工。對岸中國大陸也釋出善意，推動福州與馬祖通電、通水與通橋。

被忽略的佳餚：閩菜

雖然福州與台北隔海相鄰，早期福州人移居台灣者相當眾多。小時候台北家的簡式四合院曾騰出一小間柴房，租給一位福州人。他孑然一身，斯文瘦小，每天擔著小小的工具箱早出晚歸，我們都不知道他的姓氏，只叫他「修理皮鞋仔」，他算是我這輩子最早認識的外省人。或者，同學當中也有不少祖籍福州的第二代，但我一直無緣見識過傳聞中的中國八大菜系之一的「閩菜」。直到多年前到對岸福州大學交流，對方副校長招待我們到旅館的餐廳用餐，才見識

馬祖北竿芹壁村前方的龜島。傳統老屋的每個瓦片上還壓著石塊，避免強風大浪的破壞。（2008）

到閩菜的豐盛及特殊滋味。

小時候唯一熟悉的就是「繼光餅」，閩南語稱之為「鹹光餅」。當時住家附近的市場就有一家專賣這種餅的燒餅店。稍長，每當飢腸轆轆，口袋裡還有零用錢時，都會買來解饞。尤其愛吃撒在上頭的芝麻。「繼光餅」相傳是中國明朝海防大將戚繼光所推廣，他曾鎮守馬祖清剿倭寇，為了在執行任務時填飽將士們的肚子，戚繼光將軍遂將圓型的麵餅中間戳一個洞，讓烤熟以後的麵餅可以穿過繩子綁在腰間或胸口，方便將士們執行任務時食用，因而得名。另一種說法是，這款餅極可能源自阿拉伯，唐朝時期泉州已有大量阿拉伯人走海上絲路到此經商，不少人甚至在福建落戶。但不知何故，之後就很難在台北找到這種餅店。導遊書上標示著南竿島上有一家不能錯過的專賣店，臨上飛機前特別騎車到廣場前的巷弄裡尋找。因為已近下午，店家正準備打烊午休，餅也剩不到幾粒。我當下全買了，回到台北細細品嘗，回味兒時的滋味，久久不去。

閒逛南竿市場時，無意間看到一位老嫗用竹篩子裝了一些大小不一的野生淡菜貝，放在地上兜售。這種正式名稱叫做「紫貽貝」的淡菜，是馬祖地區最主要的經濟貝類，物美價廉的天然食材。七至八月是淡菜成熟季節，地區居民每利用退潮時，攜帶鐵鉤、籮筐，深入巉岩怪石間採集。我是在留法期間頭一回嘗過同學李政益親手燉製的這道海鮮，吃來滋補味鮮。回到台北也曾在台北東區的 Parco 時尚餐廳吃過。老闆還鄭重其事地強調，他們用的就是馬祖空運來的淡菜。可惜後來老闆移民出國，餐館也轉手，便不復得饗用。

當然，也不能錯過馬祖的特產佛手貝，它算是台灣極為少見的鮮貝類，佛手貝學名「龜足」，又稱「龜爪」，馬祖人亦稱為「筆架」，因其形如桌上筆架而得名。佛手貝多固著在海邊低潮線至高潮線的岩縫中，每年冬春間肉肥，其肉色淡紅，用白糖加少量紅糟油炒，味道鮮美，肉質脆嫩，清蒸或紅糟也都別具風味。我曾到北竿的一家餐館點了這道馬祖土特產，但因不習慣紅糟的鹹味及不懂得如何用舌尖吸食貝肉，沒夾上幾粒便打退堂鼓，回贈給商家。餐館老闆心底一定嘀咕：「真是不知人間美味的老土！」

今天的馬祖樹多，軍人多，陡坡多，防禦工事更多。經過軍方超過半世紀的經營，以及戍守軍士的流血流汗，它已是舉世罕見的瑰寶。旅途中，迎面適逢一外籍騎士，正臉色鐵青，看似餘悸猶存，慢慢騎下北竿戰爭和平紀念公園入口幾近四十度角的險坡。一等車停妥，尚不及喘氣，便對著我豎起大拇指稱「讚」。記得在南竿碼頭候船，準備搭船回北竿民宿時，當時乘客不及七、八位，看到一位著海防橘色制服的替代役男，相當英挺自在地端坐在哨位上，專注地讀著一本英文小說。相信日後等他退役卸下軍服，飛向國際，偶爾應該會懷念在馬祖服役的輕快時光吧！

誠然，馬祖承載了太多的苦難及威脅，而這些又歷歷在目，所以難得。馬祖終將會像那自由遨翔，世代在此繁殖後代的神祕候鳥黑嘴端鳳頭燕鷗，那樣超凡絕美；神祕地失蹤，又孤傲地出現，讓世人驚豔。馬祖人也正如黑嘴端鳳頭燕鷗那樣，有著這般堅持及骨氣。

（二〇〇七年八月初稿）
（二〇二〇年十二月定稿）

蘭嶼行走

很早就規畫每年暑假要逐一遊遍台灣離島，今年想利用難得的假期遊歷東海岸的離島，原先選定綠島，想見識一下政治犯監獄及著名的海邊露天溫泉。後來同事宋亞克老師突然傳來蘭嶼環島徒步行程，看了很放心，就攜眷報名參加。

我們一行十八人，最資深的超過六十歲，最年輕的只有國小一年級。這一團很知性，也很有創意，原先是輔仁大學通識課程「原住民生活體驗」的戶外教學，後來也接受社會人士報名，還有一位當地原住民達悟族女婿簡鴻模老師帶隊，沿途解說。主辦單位怕我們毅力不足、臨陣脫逃，特別贈送每人一件T恤，後頭寫著「徒步環島／不要載我」，看了不覺莞爾。的確，沿途三十八公里還吸引不少敬佩的眼光。

深具人情味的民族

蘭嶼應是台灣開發最少的離島，離台東富岡魚港四十一海浬，風平浪靜時，快速交通船都要駛上二個多小時，接近開元港，只見翠綠的山嶺和海岸邊嶙峋峭立的大岩石，真教人雀躍不已。甲板上手機、相機的快門聲此起彼落，中間還夾雜著驚嘆聲及歡呼聲。網路行程說明中寫著：這裡是「被台灣遺忘的東方之珠，遺世而獨立，自然與人文景觀之美都令人驚豔不已，那兒是台灣最美、最原始、最具海洋文化的島嶼……」。眼見為憑，的確所言不假。

遊歷完回到台灣，我可能還要加上一項：達悟族是我見過最親切多禮，最有人情味的民族。我們住在部落民宿，達悟族人不分老幼，碰面都會主動招呼問好。一路上也遇到不少年輕人打工換宿，他們大都是回籠的旅客，身不由己愛上這兒，貪戀這兒的美景及人情味。內人在回程船上與船長閒聊，他說，原先是只跑富岡—綠島線，有一回跑富岡—蘭嶼線，看到原住民民宿老闆親自送台灣旅客上船，站在碼頭不斷揮手，久久不肯離去，讓他十分感動，所以就改跑蘭嶼線。他說：這樣的畫面真的會打動行船人的心底。

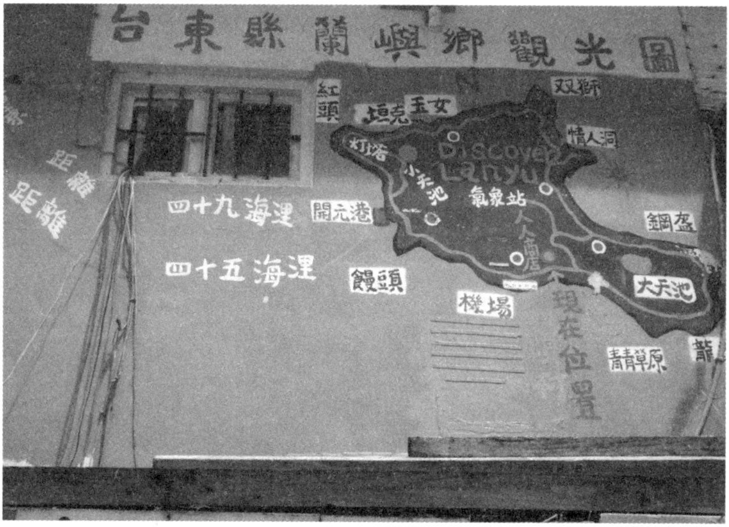

樸實無比的觀光地圖壁畫，就劃在雜貨店的外牆上。（2014）

蘭嶼夠美，但說它是世外桃源，可能要用點想像力，或者只是對數百年前由菲律賓巴丹島移入的達悟族先人而言，應該說算是。因為那時日本人、漢人還沒大舉入侵。說這裡是海上淨土，對於外地遊客可以說是，尤其徜徉在海天一色、湛藍海岸、奇石林立、空無雜物、潔淨無比的綠色山脈，這樣難得的南海原始島嶼風光。但島的最南端卻存藏著劇毒的核電廠廢料，一旦事發，絕對可以導致島上三千達悟族人滅絕，整個東南部台灣也可能是在它毒害的範圍。雖然台電公司一再宣導，存放在那兒的只是核能廢料及一些汙染物件，且保存都安全無虞。這還不打緊，這裡還曾被國防部相中，當作軍隊罪犯的勞改監獄；也曾被漢人視為極度落後及未開發的地區，因為認定該島沒有文化、語言不通、男人只穿丁字褲。

海洋文化的瑰寶

這裡還是台灣最多颱風、首當其衝、劇烈最破壞的地方。甚至高中社會科教科書裡還指出達悟族人濫捕飛魚，或在海上放置竹筏及芒草，讓飛魚在下方產卵，然後趕盡殺絕。其實這都是漢人漁民的「聰明」點子。達悟族人是採共享制，每年三至七月，飛魚隨黑潮來到蘭嶼海域，各部落便用傳統拼板舟捕飛魚，然後分配給族人。六、七月禁捕，九月中秋過後封食，就不再食用飛魚。不像漢人用拖網船捕撈，一下子就捕獲上噸漁獲。在飛魚季節，達悟族不准捕撈其他魚類（大魚除外），這樣就能讓海洋休養生息，反而是最環保的傳統。漢人不察，也不肯學習，一些一知半解的學者還說達悟人為防颱風，依山坡地築成的地下屋「冬暖夏涼」，等我們實際參觀體驗，才驚訝這地下屋彷如地牢，夏日高溫多雨，如同烤箱，外加各種薰人的氣味。因為傳統的達悟族人是「半穴居」的生活方式，吃喝拉撒一切都在狹小的地下屋解決，只有一旁的涼台，才是他們真正的客廳，是午休及乘涼的場所，也是眺望和彼此寒暄的空間，是當地建築的一大特色。

蘭嶼是人類海洋文化的一塊瑰寶：拼板舟的圖案及下船儀式早已是世界一絕，地下屋風格獨幟，小小天地功能備齊，不僅讓民俗學者驚訝，也是許多建築學者參訪學習的對象。丁字褲及傳統紡織，還有儀式中勇士頭上戴的銀製三角狀錐頭盔，但這兒卻不產銀及任何金屬礦石。記得搭乘交通船往返之際，總會在不遠處的海面上，看到浮現在眼前，像鯨魚般的大貨櫃輪或油輪，與我們擦身而過。實則，這裡既是黑潮的流動路線，自古以來也是海上南來北往的主要航道。打從西方列強開始海上探險以來，便不知有多少船隻在此失靈、故障，或遭惡劣天候摧毀而沉落海底。熟諳水性的達悟族人撿現成，他們潛入海底，打撈可用之金屬，攜回岸上重新打製成錐形的尖帽，作為勇士的象徵。

我們有緣參觀傳統織布工作坊，一位五十開外的達悟女士傳承示範這項

體驗拼板舟，彷如陸上走吊橋。蘭嶼。（2014）

祖先的文化。我們也走進山區看碩果僅存的拼板舟老工匠解說，他帶領我們走進不遠的山區，逐一指出不同的樹種，做何用途。並告訴我們如何分辨公樹及母樹。當然，要選母樹優先，因為它們最耐用。回到他簡易的工作坊，又細心解說不同的樹材用在船身的何處，還做了許多小模塊，組成好幾艘如玩具船般的拼板舟，讓我們觸摸把玩。這種拼板舟可說舉世一絕，它並非挖空大樹幹做出的獨木舟，而是由二十一或二十七片當地所產的樹木用刀斧切片，以天然樹脂混合貝殼粉末做成黏著劑，組合而成。老工匠一邊抱歉說他的國語講得不好。其實，達悟族人有極高的語言天分，民宿老闆說著一口陝北腔國語，他說他的小學老師很嚴，來自甘肅。年輕一輩的達悟族也絕少說著重腔調的國語。我們坐上拼板舟親自划槳體驗，在風平浪靜的港區已經夠吃力了，真難想像出海捕撈，和海浪搏鬥的情景。

浸浴原始海島風光

總之，略為涉獵達悟族的文化，已經讓我們由衷地欽佩這群海上勇士及堅毅的人民。這兒還有比澎湖、小琉球更加壯麗的海底風光，絢麗多貌的珊瑚遍布海底，熱帶魚風情萬種優游其間。據稱，蘭嶼是世界排名第十一的浮潛勝地。海水清澈無比，幾乎看不見任何汙染及廢棄物。帶領我們浮潛的蔡教練，也是部落民宿的老闆，他渾身黝黑，貌似印地安酋長，輕鬆矯捷地潛入海溝，請出溝中從未見識過的各種熱帶魚種。他優雅的身軀，宛如一尾祥和的大魚，自在又自信地在水裡優游，這才讓我們發現每個達悟族人的海洋基因！

蘭嶼就是海，還是海。（2014）

蘭嶼不大，騎出租機車繞島不划算。除非你只有一、二小時的時間，隨後就要趕搭回頭船折返綠島或台東。租用腳踏車是不錯的選擇，可沿路輕鬆悠閒地邊走邊玩三、四個小時。步行才是真正的王道，如此才能體驗南國島嶼的壯麗和熱情。四天三夜的行程最自在，你可以一步一腳印地踏行，隨時隨地飽覽渾然天成的美景。首先映入眼簾的是開元港酷似印地安酋長的大岩石，然後是雙獅岩、情人洞、軍艦岩等等，因風蝕海摧出現的奇岩異石。然後便可登高走上氣象站，那是每年颱風季節最火紅的熱點。站在它的大門口，讓人有置身某艘大船桅杆上的氣勢，可將全島風貌盡收眼底。又可以走向蘭嶼島的尾端，看晚霞滿天，聽浪捲海岸之聲。更可親臨海角，遠眺汪洋，觀賞波濤洶湧的巴士海峽。

去程兩個小時的船行，讓人逐漸擺脫俗塵。同樣兩個小時的回程，更彷如踏出原始森林，沐浴淨身，從某個仙境乘桴歸來。傍晚回程，恰逢颱風前夕，交通船在萬紫千紅、瞬息變幻的海天裡滑行。偌大的船隻好似墜入色彩繽紛的畫布裡，一旁還有被引擎聲驚動的飛魚竄出水面，看似向我們道別。路過綠島，已見繁華，頓時感到一陣錯愕，彷如回到人間。夜色漸濃，萬丈晚霞瞬間轉為灰暗，然後一片漆黑。遠方的東海岸已華燈初上，我們在夜色降臨前回到富岡漁港，完成這趟既神祕又難得的海上行旅。

來自遠方的善人：紀守常神父

一九五四年，我出生的那一年，有一位來自瑞士的天主教修士被派往蘭嶼傳教，他就是有「蘭嶼之父」之稱的紀守常（Alfred Giger）神父。在蘭嶼，大概沒有人不知道這位為這座偏鄉離島奉獻一生的傳奇人物。紀神父所屬的教會團體為「白冷外方傳教會」（簡稱「白冷會」），一九二一年創於瑞士，之前是由法國裔的修道院院長巴哈勒（Pierre-Marie Baral）於一八九五年所創。扶弱濟貧是他們的第一宗旨，其次才是傳教。由於法國天主教的傳教區域分配到台灣的花東，瑞士法語區的白冷會就負責台東地區。他們在後山默默耕耘付出，建立了醫院、教堂及職業高工等。當中知名度最高的吳神父腳底按摩，也是白冷會的修士，由來自瑞士的吳若石神父（Josef Eugster）所創建。

紀神父先在瑞士學習中文，後派往中國大陸傳教，中國共產黨取得政權

碩果僅存的拼板舟師父，親自示範拼裝組合的工作坊。（2014）

後，悉數將所有外國傳教士驅逐出境。紀神父轉往日本傳教兼學習日語，然後再派往蘭嶼。由於通曉中、日語，他積極參與融入當地社會，不分教友與否，一概盡力接濟，給與生活物資。也致力於推廣教育，普及孩童，並積極提供當地婦女職業訓練，保護當地原民文化，並經常為捍衛達悟族人的權益，挺身向有關當局爭取。我們可以看到一兩張經典的老照片，一是他頭戴達悟族的勇士銀頭盔與族裡老人面對面、鼻子碰鼻子的合影。另一則是他受邀參加，可以說共同主持，一艘拼板舟的下水典禮。在半世紀前的蘭嶼是何等的保守，他居然可以身穿神父聖袍，伸開雙手向天祝禱，共同祈求拼板舟平安和豐收！

一九七〇年三月九日，紀神父自台東乘夜車，陪同數位鹿野鄉阿美族女性前往南部學習家政技藝。十日凌晨，他所搭乘的計程車在台南縣新營鎮衝撞路樹，送醫急救不久後宣告死亡。蘭嶼鄉親獲悉後傷痛逾恆，主動下半旗三天以示哀悼。遺體葬於台東縣成功鎮上那間獨具風格，景致優雅的小馬天主堂內。這位遠道而來的大善人，他的一生幾乎都奉獻給他深愛的台灣，尤其是蘭嶼及達悟族人。二〇一三年，經各界募款集資成立「財團法人紀守常紀念文教基金會」，繼續發揚紀守常神父的博愛及奉獻精神。

小七事件的衝擊

這趟蘭嶼行適巧碰上「小七」（7-11）事件，統一集團將在開元港岸邊開設一家便利商店，這將是島上的第一家摩登商店。島上基本上沒有市場交易，六個聚落總共不到十餘間雜貨店，販賣民生日常用品，長久以來也就足夠。統一集團強進蘭嶼島，一則是想蠶食大約半年期的觀光客群，另則應該只是滿足主事者的虛榮心，也難怪引發不少抗議聲浪。要強調的是，這家超商是當地九個漢人居民合資引進的。

途中我們碰上一位迎面騎車而來的文藝工作者，隨身還攜帶攝影機，很驚訝發現我們是步行環島，就停車採訪我們。然後話題一轉，問我們贊不贊成小七？團員一致反對，原因是我們就是要遠離大都市的元素。是的，大老遠跑來蘭嶼，遠遠就在海上看得到那熟悉的招牌，怎會有休閒的感覺呢？帶隊的簡老師很憂心地說，將來小七二十四小時營業會助長此地飲酒文化，也會平添更多交通事故和其他意外。部落入口處的一家頗具規模的雜貨店中年老闆娘（她是台大畢業，遠嫁此地）很無奈地說，觀光客口袋深度不會變太多，能撐多久就算多久。一位中年達悟餐廳老闆講得更清楚：統一集團一開，其他的財團就會跟著進來。言下之意，蘭嶼會步上綠島的後塵，會變成一座沒有特色的「遊樂島」。事實上，現在就已經開始了：台灣的旅行業者已推出兩島一宿遊，觀光客上岸，成群結隊租機車，呼嘯環島一周，二、三個小時後又搭船離去。他們究竟看到了什麼？留給蘭嶼居民又是些什麼？

果不其然，三年後（二〇一七年九月），統一集團又選在島上最熱鬧的東清灣夜市旁，開設了第二家小七。可見該集團絕不會只甘於做社會企業形象，及服務偏遠地區居民而已。所幸，商家還是入境隨俗，店門前的吉祥物也穿上了丁字褲，服務的工讀生也穿上傳統圖騰的背心。換言之，統一集團除提供看似已經過多的觀光客購物需求外，也蠶食了他們的觀光消費。當然也提供島上居民許多便捷的服務，如提款機ATM，訂票及繳費服務等等。之後，必然會「潛移默化」，改變年輕達悟族的消費行為及文化模式。誠然，文化絕不會是固守不變的，外來文化的刺激，有時也是正面的。但任何清醒的人類文化學者都會憂心忡忡地提醒：文化融合和文化生機需要時間磨合，如果只一味追求商業利益，一定會毀掉許多珍貴的文化資產。

這位達悟族餐廳老闆又說：「我們蘭嶼人基本上沒有什麼商業交易，我們的傳統文化教導我們如何靠天、靠海、靠山吃飯而已。我們不用交易，不用儲存，夠用就好。」財團的進駐，或許會帶來方便，但它也可能會毀掉下一代的達悟族文化。面對文化（尤其是少數族群的傳統文化），我們是否要更謙遜、更敬重些？此時，應該問問大企業財團們，你們的社會責任在哪？或者說，你們怎麼忍心讓一座文化生態瑰寶，毀在你們的貪念和虛榮上呢？

其實，現階段蘭嶼最大的汙染源是過多的觀光客，以及隨之而來的過量垃圾。該島沒有焚化爐，所有的垃圾只能就地掩埋。不易分解的寶特瓶及空鋁罐更不知如何處理。網路新聞報導過一位善心的居民，自己花錢進口機具來鍘壓這些廢棄瓶罐，但卻付不起足夠的船資運回台灣。另一則是高雄市政府曾一度拒絕收容蘭嶼運來的垃圾。我們關心的是，大量販賣罐裝飲料的統一集團是否會負起起碼的社會責任，將這些廢棄的瓶罐或垃圾運回台灣呢？

（二〇一四年八月初稿）

（二〇二〇年十二月定稿）

金門開門

國小時，經常可以在住家巷口的店仔口，看到一位面容清秀，眼神有些呆滯，清瘦的青壯年，在你身旁默默出現，又悄悄走遠。問了家裡的長輩才知道他是遠房的表叔。八二三金門砲戰時雙耳給炸聾，又驚嚇過度神情失常給送回的傷兵。這是孩提時頭一回耳聞金門砲戰的殘酷及恐怖。幾年前，做牛奶加工的親戚告訴我，他招待瑞典利樂包供應商到金門旅遊。因為他自己也在金門當兵服役。結果那位瑞典人看了那些固若金湯的防衛設施，及鬼斧神工的坑道工程，迫不及待就問他：你們政府有沒有安排年輕學生到金門戶外教學？瑞典也曾被德國納粹占領過，留有許多戰爭記憶及事蹟，但這些都無法與金門的遭遇相提並論。他認為每個台灣人，尤其是年輕一代，都應該知道金門砲戰的故事。

可能是歷史的錯誤安排，上世紀金門不由自主地捲入國共內戰，最後竟成了雙方的最前線。兩軍對峙半世紀，還爆發至少三次的血腥攻防。最後國軍挺住解放軍的攻勢。又因為地緣政治的無奈安排，金門一直都是二十世紀世界冷戰格局的重要關鍵地帶。如今雖因國際情勢緩和，兩岸開放交流，肅殺的氣氛不再，但威脅仍舊不時飄盪在金門的上空。荒謬的是，如果風高日清，海象清晰，站在島上高處，肉眼即可見對岸廈門島海濱公路旁櫛比鱗次的摩登高樓。夜裡更是鮮明對照，對岸共產主義社會是燈紅酒綠的浮華夜景，此岸自由世界則是靜謐的鄉村風光，燈火闌珊的鄉下景致。

戰地島嶼

上世紀中葉，冷戰高峰期間，金門的國際知名度絕不亞於台灣，或福爾摩沙。但這是付出許多昂貴代價及性命所致。一九四九年十月十七日，解放軍攻下廈門，防守的國軍奉命撤退至金門，當初這裡曾是鄭成功揮師進軍台灣，趕走荷蘭人的根據地。不到一週，解放軍乘勝追擊，喊出：「拿下金門，解放台灣」。二十四日晚間糾集近二萬兵力，摸黑進犯金門。兩軍在島上的古寧

小金門（烈嶼）海灘上的防禦工事。（2011）

頭血戰四天四夜，戰況慘烈無比，雙方合計戰死逾萬。最後國軍大獲全勝，這是解放軍南渡長江以來，國軍首次勝戰。蔣中正聞訊說道：「古寧頭大捷，不僅保住了金門，更保住了台灣。」

隔年七月，解放軍又試圖攻占大膽島，最終還是敗下陣來。後來共軍改以砲擊威嚇，首次即為一九五四年九月的「九三砲戰」，二十天內投下七萬餘枚炸彈，造成居民極大的恐慌，也炸死兩名美軍顧問。國軍亦予以回擊，並派飛機空襲廈門，史稱「第一次台海危機」，它也是四年後「八二三砲戰」的序曲。是年十二月，美國決心保衛中華民國，與國府簽訂《中美共同防禦條約》。但該條約並沒有明文涵蓋金馬離島，卻限制國府不得單獨興兵反攻大陸。至此，讓台灣進一步納入美蘇兩大集團的「冷戰」格局裡。

中共領導人毛澤東一心想要拿下金門，以彰顯其霸權。一九五八年八月二十三日傍晚，中共再度擴大規模砲擊金門，短短兩個小時內擊發五七五三三發砲彈。至十月六日首次停火一週止，總共對金門發射了四十七萬發砲彈，平均每平方公尺落彈四發，可見其殺傷力及慘烈程度，史稱「第二次台海危機」。解放軍砲擊金門二小時後，美國太平洋司令部獲悉後的第一個反應是：「金門完了！」沒想到金門卻挺住了，名號也登上了國際媒體。其後續的結果是：毛澤東與蘇聯新領導人赫魯雪夫公開翻臉。以及西德總理布朗德決定採行「東進政策」，開始與東歐集團交流，以緩和冷戰氛圍。

事實上，美國的反應相當快，爆發砲戰不到二十四小時，美國第七艦隊隨即奉命進入台灣海峽就定位，以支援保護台灣。但國際媒體（包括美國政府）幾乎一面倒要求國府退出金門。蔣中正總統不為所動，堅持守住金門。島上十萬名將士（當中台籍充員兵約有四萬人）與五萬金門居民同島一命，共同保家衛國。金門與台灣的命運也就更牢牢結繫在一起。最後，共軍砲彈騷擾漸趨緩和，金門重獲生機，也獲得國際敬重。但金門也付出了極高的代價：三千兩百二十八人傷亡，約一萬棟房舍全毀或半毀。全島半數房舍受到波及。在往後「單打雙不打」的砲擊騷擾裡，繼續過著命懸一線的生活，另一方面，全島進入戰地戒備，全民皆兵的生活幾乎是另一種折磨。直到一九七九年中共與美國建交，北京方面才停止二十一年的砲彈轟炸。台北方面也遲至一九九二年十一月七日正式解除金門戰地政務。至此，金門人終於能夠在自己的家園呼吸自由的空氣。二〇〇八年八月二十四日，馬英九總統出席「八二三戰役五十週年」紀念大會說出一句感恩的話：「沒有昨日金門的苦難，就沒有今日台灣的繁榮；因為金門人犧牲自由，台灣居民才能享受自由。」

僑鄉島嶼

金門地景的另一個特色，就是在古色古香的傳統聚落的一旁，不時會突兀地冒出一、二棟南洋風格的西洋樓。全島這些洋樓有一百三十三棟，大多集中在一九二〇至一九三〇年間興建。這些當然是旅居海外的金門人回饋原鄉的具體建樹。這些蓋給家鄉親人居住的洋樓，其外觀雖為西式，但內部還是依著中式傳統格局設計。由於相當華麗，又視野極佳，也引起附近海盜的覬覦，不時摸黑上岸打家劫舍。這十年間是金門最承平的年代，移居海外經營有成的鄉親大量匯款。這些僑匯對金門的經濟貢獻極大，除翻修祖厝，廣建宗祠，亦捐輸投入教育、醫療衛生，甚至治安維護等等。尤其僑資興學最具貢獻，直接促進原鄉的人才培育及現代化發展。廣被所及，金門很早就有僑資學校及「一村一校」的榮景。二〇一〇年金門技術學院升格為金門大學，也有大筆僑匯挹注。

由於金門位居懸島，島上資源有限，本就不易養活太多丁口。一些外在的變動隨時可導致人浮於事，糧口不濟的現象。根據歷史學者呂允在的整理，從十九世紀中期起，金門共有四次較大規模的移民潮：一、一八四〇年鴉片戰爭後，受旱災、鼠疫，及日本海盜的侵擾。二、一九一二至二九年間，南洋地區商業發達，治安良好，加上歸僑成功的範例。三、一九三七至四九年間，日本侵華並占領金門。四、一九四五至四九年間，國共內戰，盜賊四起，金門淪為戰地，大批鄉親避居台灣。

金門原是其先人逃避中原戰亂的安身之所，甚至是世外桃源，但對近代許多青壯鄉民而言，它無疑也是一個移向他方的「中途島」。早期金門人下南洋，會先坐漁船到廈門，再轉搭歐洲大船定期駛向東南亞。但出外打工如冒生死大險，金門也有俗諺比喻：「十個出去，六死、三留，一回頭。」正訴說那段外移的血淚史。根據初步估算，目前金門常住人口約五萬人，旅台人口約五十至六十萬人，歷代散居世界各地（以馬來西亞、印尼、新加坡為最多）開枝散葉的金門人也有二十至三十萬人。換言之，旅居外地的金門人的總人口數是住在金門原鄉人口的十六倍。這種年年輸出壯丁、英才，留不住年輕人口的現象，絕對是金門未來發展的隱憂。二〇二〇年九月，楊鎮浯縣長接受媒體採訪時說道：「把人留下來，才是重點。」

文化島嶼

二〇一一年八月，我因公到金門出差，實則是代表學校到金門會見選讀淡江大學的新生及家長，也拜會資深校友。這次活動係由本校金門校友會長李有忠兄安排及接待。當時我是抱著一顆雀躍的心，去拜訪這個一直渴望踏上的島嶼。匆匆二日遊，走馬看花遊覽了島上的重要景點。隔天坐渡船遊小金門，改由另一位在該島國小任教的學長林再成兄一路導覽。騎機車繞島只需半天不到，傍晚即登機返台。前夜，金門校友會宴請校友會執行長彭春陽、秋琴姐和我，也邀了幾位資深校友作陪，吃了一頓閩南風味餐。開席前免不了喝了「三巡」的高粱酒。席間不知哪位學長一時酒興，談起金門和台灣的關連。他引用早年金門的俗諺說：「一等的住廈門，二等的到金門，三等的走澎湖，四等的去台灣。」當時身為客，又是酒酢中，不便多言。心想，我們家族的開台先祖在他們眼底怎麼淪為「四等的」人？

的確，翻開史料，晉朝元武帝年間（西元三一七年）即有蘇、陳、吳、蔡、呂、顏六姓人士，為避中原五胡亂華而移居至此海上世外桃源。唐朝德宗（西元八〇四年）派牧馬侯陳淵，率大批邑人來此屯墾。陳淵也被後代尊奉為「開浯恩主」。宋代大儒朱熹出任同安縣主簿，曾蒞金門設燕南書院。自此金門文風鼎盛，文武人才輩出。明、清兩代科甲連登，先後出了四十四位進士，遂有

金門城隍廟前的浯江書院的進士榜。（2011）

「人丁不滿百，京官三十六」的美譽。連開澎進士蔡廷蘭、開台進士鄭用錫都是金門人後裔。明朝洪武年間，為防禦倭寇及海盜侵擾，在島上設置守禦千戶所，以「固若金湯，雄鎮海門」之勢將此島命名為「金門」。自此，這個居重要戰略地位的島嶼便與戰爭無法分割，包括成了鄭成功反清復明及攻台驅荷的根據地，清初淨島「立界移民」的海禁政策，以及世界冷戰的最前線之一。總之，金門開發少則一千六百年，澎湖八百年，台灣僅僅四百年，高下立見。

由於地理優勢，以及戰爭的隔離，金門雖為海外懸島，反而保存最多悠久的閩南建築及聚落，此乃金門最大文化特色。此外，深受儒家教化，極重視禮教傳統，自古文風鼎盛。復以位居閩南沿海文化樞紐及海上絲路起點，以及南洋僑民的原鄉，故而保留許多珍貴有形及無形的文化資產。是晚，投宿在毗鄰金門高中的民宿，典雅且古樸。隔天一早順道走訪城隍廟前的浯江書院，還看見一座罕見的「進士榜」，上頭刻有歷來登科進士的大名。之後凡獲得博士學位或晉升將軍的鄉親姓名，均能在此「金榜題名」。這是金門特有的「晉匾」傳統，用以鼓勵鄉人，帶動文風。適巧，前夜餐宴上有人恭賀另一名校友甫獲廈門大學博士學位，他的姓名也登上了這座「進士榜」。看他露出靦腆且得意的笑容，便可知這項殊榮是何等珍貴。

出訪金門，很驚訝地發現處處有「現代恩主公」胡璉將軍（字伯玉）的事蹟，就連橫貫全島的大馬路也叫「伯玉路」。看來他的「聲量」絕對比老蔣（中正）還高，且尋遍金門地圖也未見有任何一條「中正路」。事實上，當初死守金門的決定是老蔣下達的。胡璉將軍是老蔣十分器重的愛將，派他任金防部首任司令。這位讓日本侵略軍吃下多場慘烈敗戰的抗日名將，也是令毛澤東咬牙切齒的國軍悍將，於古寧頭戰役爆發隔天即抵金門督戰，之後，率軍挺過八二三砲戰。在他帶領下，金門安然度過風雨飄搖、烽火連連的歲月。最重要的是，這位將軍親民愛軍，防衛之餘，戮力改善金門基礎建設，大量植樹，開挖水庫，廣開通衢，又設立酒廠開發高粱酒，充實戰地財政（如今金酒成了金門縣府的最大財源），以及延續金門的傳統文風，廣設學校。尤其鼓勵各要塞指揮官興建學校，留下「將軍建校」的佳話。八二三砲戰期間，為保住年輕學子，安排金門高中學生遷台寄讀。

胡璉將軍治理金門前後十一年，後來倚重其才，改派越南全權大使八年，曾寫下《出使越南記》。晚年還至台灣大學歷史研究所攻讀宋史，一九七七年六月辭世，享年七十。遺囑交代將其骨灰灑在大、小金門間水頭灣海域。伯玉先生生死皆以保護金門為念，無怪乎，禮儀之邦、海上鄒魯的子民念茲在茲，感念其恩澤，世代景從追念。

觀光島嶼

一九九二年十一月金門解除戰地政務，一九九五年五月金門設立國家公園管理處，二〇〇一年元月金門開啟與大陸海運直航（俗稱「小三通」），這三大政策徹底改變了金門的命運，也帶給金門無限的機會，特別讓金門重整其豐沛的歷史、文化、地景等觀光資源，進而邁向國際觀光旅遊優質島嶼的目標。那天與校友餐敘時，一位學長提到金門是國內儲蓄率最高的縣市。又說，近二十年來大陸快速經濟起飛，金門人也蒙受其利。他戲稱，當初廈門海滄區開發之際，金門人幾乎買下整條街。根據統計，金門人在廈門置產買房者至少二萬套。金門人享受離島優惠條例，交通運費半價、金酒三節六瓶，退休的金門人大可以一大早搭小三通到廈門逛街，或喝老人茶，傍晚再搭船回金門晚餐。

小金門的海灘，前方是大膽島，後方清新可見的高樓大廈即廈門。

無怪乎，最近幾年金門年年獲選為「最幸福」的城市。

解除金門戰地政務是一項大膽又前瞻的決定，它讓金門重獲自由及尊嚴。設立國家公園更是破天荒的良政，它讓占全島四分之一、五個區塊的軍事用地，交由內政部國家公園管理處專業規畫及管理，凍結開發，盤整資源，永續經營，從而提升人文、自然及生態資源。僅僅三十分鐘航程的小三通則帶來大批人潮及觀光客，

小金門的禦敵紀念城樓。（2011）

湧進無限商機及文創活動。目前透過小三通蒞臨金門的人次每年已達二百萬人次，其中陸客占了一半，其餘是台商、台灣觀光客及金門本地人。換言之，金廈早已成了一日生活圈，而金門尤蒙其利。

現今金門擁有許多得天獨厚的文化及觀光資源，當中首推國家公園，它同時擁有舉世知名的戰地史蹟。這場戰役不僅攸關國家存亡，也涉及共產主義的擴張及全球冷戰格局。此外，此地的防禦軍事工程不僅艱難險峻，更彰顯人定勝天的毅力與決心，充分呈現當初軍民死守家園的意志。再者，軍事崗哨往往都在最險要的據點，重新規畫並開放觀光，便可飽覽海島風光及綺麗海景。復以因軍管而凍結開發，反而有利於生態保育。譬如，島上有近三百種鳥類過境或棲息，不分季節都可以觀賞到牠們的蹤影。尤其是許多千里遷徙的候鳥掠過海島，或群起飛翔，或築巢覓食。同樣也可以在公園綠地旁看到緩緩爬行，以捕食田鼠維生的緬甸蟒蛇。還有台灣島罕見的金龜、海獺以及珍貴古老的活化石「鱟」及「文昌魚」。這些似乎都要歸功於近半世紀的軍管，這些也都是台灣現有五座國家公園所無的特色資源，更是對岸過度現代化的廈門所缺少的。

觀光旅遊資源的開發貴在「成為第一」。金門的閩南文化資源就是它最大的資產，它的傳統聚落、宗祠，乃至貞節牌坊、老街，其風貌可說全台所無，亦是廈門地區少有。是以，如何將之整備並開發成「賣點」，使之成為金門觀光旅遊的吸引力。其中創意開發應是不可或缺的推力，譬如，同樣是古代漢人建築作為「避邪化煞」的石敢當，到了金門，因地制宜，搖身一變成了「風獅爺」，作為最貼近民心及日常生活「鎮風止煞，祈翔求福」的象徵。目前全縣存有六十八尊大小不一的「風獅爺」，它們也就成了金門的識別標誌，透過它們，便有訴說不完的故事及文化。

「金門高粱酒」（金酒）更是當中最具文化創意的項目。金酒創辦人葉華成為出身印尼的金僑，他於一九五〇年幾經研發，推出獨具風味的高粱酒，並設立「金城酒廠」販售。一九五三年，戰地司令胡璉將之「收歸國有」，更名「九龍江酒廠」，並改聘葉華成為技術課課長。如今金門酒廠前立有他的雕像及事蹟。然後一路開發，不僅供應防衛軍士所需，更可外銷至台灣，尤其是中國大陸。可說馳名中外，世所罕見。目前金酒已改為民營，年營業額最高可達一百七十億元，比金門縣政府的年度預算還高，每年還挹注縣府近三分之一的預算。同時配合敦親睦鄰政策，每年三節，設籍金門者每戶可領六瓶高檔高粱酒。因此吸引不少台灣居民遷籍至金門，以享受這項「天上掉下來的禮物」。估計這些「幽靈人口」多達七、八萬人，比道地金門鄉親總人口數還多。

金門經歷戰爭洗禮，越挫越勇。金門也得天獨厚，擁有這麼多人文及自然生態資源，它絕對可以稱得上是世界級人類重要文化資產，更可以向聯合國教科文組織申辦列冊為有形及無形的文化資產。它更可以開發為最具閩南文化特色地觀光島嶼，從有形的「住」到無形的「食」（即「閩南菜」），結合觀光旅遊、醫療、休閒等資源，打造成一座獨一無二的「休閒島嶼」。

總之，到過金門才知金門事。金門像極了一座二十世紀「活的博物館」，它應有盡有，還有許多別處所沒有的。金門也是許多外省籍及台灣籍阿兵哥共同的記憶，他們曾在那兒保家衛國，流血流汗。金門應該像個海上仙洲，人們可以優閒地在那兒休憩，在那兒洗滌煩憂，更可以浸潤在它那厚實的文化及故事裡。

（二〇二一年七月）

單車環島

我們一起去騎單車，消遙遊。
還有什麼能更快樂？
騎上單車就像跨上了自由。
——〈踩動地球〉詞／林秋離，曲／熊美玲

單車環台活動何時興起已不可考。據信是二〇〇八年台灣的單車產量爆增，各地縣市長拚業績大興腳踏車專用道，以及電影、廣告場景的推波助瀾，才一發不可收拾。今夏，在台東大武漁港的中途休息站，在某個很長的時間點上，成群結隊而過的單車總量幾乎超過來往的汽機車。今年向大高雄青年圓夢基金申請為數三萬元的補助案件中，四件就有一件的「夢想」是「單車環台」。

單車環台應該也不是什麼新玩意兒。早在三十多年前，記不得是誰提的點子，我們三個同學（余松濱、陳博亮和我）就騎著古時的「鐵馬」從台北小南門出發，狂言要環島。真正的目的地是高雄。第一天就騎上台一線（當時唯一的縱貫線），在車水馬龍、載貨卡車呼嘯的車陣中騎到台中，那裡也成了我們的終點站。沒有人提議要繼續南下。大家很快取得共識，直接將腳踏車騎到台中火車站貨運部運回台北，我們則轉往台中五權路的同學謝鍾敏家打尖。之後，再也沒有人願意提起這段往事。因為實在苦不堪言，又驚險無比。記得曾拍下一張癱坐在火燄山路標下驚魂甫定的照片：一段連續高速下坡路段，剎車幾無用武之地，路面狹窄，一旁又是呼嘯而過的重車壓境，人車幾近砰砰跳跳抵達平地。氣喘吁吁，精疲力盡，面色如土，猶如死裡逃生。

少壯環台勇士團

此回學校同事邱炯友兄為了想替升高一的兒子安排一場有意義的「成年禮」，實則是想訓練一下過於安逸的小宅男，邀我同行。沒想到回家問了升高

38年前，三壯士狂言騎鐵馬環島，從台北小南門出發時留影。（1975）

二的女兒，她竟一口答應。可能在她小小的世界裡，網路媒體已經灌輸她愛台灣要做的三件事：單車環台、泳渡日月潭、登玉山。之後，我們父女倆做了二趟台北到淡水單車專用道的集訓，每趟五、六小時的車程。覺得還挺得過，結果卻不然。正式騎上路後，第一天晚上女兒便中暑。而在某個爬坡路段，我幾乎生平第一次感到「力竭」。塊頭不小的小邱也講了一個令眾人發噱的體驗。他說他拚命用力踩，也

騎在台東海岸公路上北返。（2013）

偷瞄了一下前方的里程表，卻只有五公里。女兒在一旁吐嘈：你用牽的，搞不好還不只五公里！回來後，再看見先前我們集訓過基隆河、淡水河兩側的單車專用道，簡直小兒科。那是都會人士拿來散心休閒用的！

我們參加的是國內知名單車廠商附設旅行社安排的「環台勇士團」。一路上除了酷陽、險坡路段及大馬路實境外，還有驟然突襲的大雷雨，手機及相機全都泡湯，以及被蘇力颱風（CNN報導說史上最大）緊追不捨等等意外的考驗。這個豪華版單車環台團奇大無比，總共四十七人，外加三名隨團陪騎，及三輛保姆車及司機。一路上浩浩蕩蕩，各個穿上專業華麗的車衣褲、統一規格的專業單車，好不招搖。路過鹿港，紅燈前一輛尾隨而至的私家車，前座的阿嬤特別搖下車窗探頭問道，你們是從哪裡來？前面有沒有警車開道？最後一段，當我們牽車走過碧潭吊橋，前後車隊幾乎串起整座吊橋。如果有人從遠方高處拍照，想必一定很壯觀。

網路報名的成員來自各方，最年輕的僅十三歲，最資深的六十三歲，男女幾乎參半。雖然第一天即見真章，隊伍曾一度拉開達二十四公里，第二天領騎Even便已控制好車速。第五天路過南迴壽卡路段，壓隊的阿雅小姐還私下誇說：「我們這一團實力最平均！」這個團的特色是五組親子團、十位升高一生、四位升大一生，二個南部團，外加一隊新婚團，一路上恩恩愛愛，令人好生羨慕。另一個特色就是有五位國際人士參團：三位來自新加坡的中年老友專程結伴參加，另一位來自加拿大的香港人，還有一位入籍新加坡的香港白領。騎這麼一趟下來，他們應該比起我們更愛台灣。行前說明會時，主辦單位提醒我們，過去好幾團都有自由行的陸客報名參加，可見台灣的「單車環台」也紅到對岸。

休閒自娛、追逐夢想

單車環島既是愛台，又是年輕人的「成年禮」，也是自我挑戰。擺脫千篇一律的生活，爭取片刻自由，休閒自娛，追逐夢想，尤其能貼近生長的土地，環保又能健身。八天九夜，全程九百餘公里，有團員戲稱每天好比急行軍。主辦單位特別選了任賢齊二〇一〇年與阿牛演唱的〈再出發〉來激勵我們上路。但到了後頭幾天，大清早整隊出發前，每個人一聽到這個曲子都怕在心底，但還是得硬著頭皮向前行。

基本上，大部分行程都相當愜意，加上成群結隊，好不威風。車過新竹，沿著十七公里海岸線前進，地貌就開始變化，雖然逆風，但心境開朗多了。一側是象徵環保科技的風力發電塔櫛比鱗次，另一側是田園風光。一路南下，見到纍纍飽滿的稻穗，中部平坦的田地上，收割機滿田縱橫，嘉南平原的稻田早已注滿了水，彷彿一片片天然的鏡子。到了台灣尾，又見到蒼鬱的三作稻田。尤其中部路段幾乎時時刻刻都聞到不同層次的稻香，偶爾也會傳來撲鼻難聞的豬舍臭氣。由車城到壽卡的南迴產業道路（台一一九線）上，更能聞到南國的

台南某處休息站，年輕團員嘻哈拍照。（2013）

泥土及花香。從台東北上，就只有湛藍的海面和起伏的坡路，不過卻一直能聞到某種不知名的野生草香。進了花東縱谷，強颱蘇力掃過，又聞到熟悉的大自然氣味，它夾雜著陽光與雨水，還有橫遭破壞、拉扯的花木所散發出的災後氣息，隨著逐漸消弱的陣風，迎面撲來。北宜公路著名的九彎十八拐，除了聞到身上的汗臭味外，就是沿路被颱風打落一地蓮霧的發酵酸味。這兩側參天的野生蓮霧是否就是四十餘年前，生平第一次與父親出遊的舊識？那一回從未出過遠門、搭過遊覽車的我暈車了，吐得東倒西歪。俱往矣！父親早在我今年的歲數就往生了……

開拓視野、提升心靈

騎單車是人與大自然最近距離接觸的活動，你的每一步都是自己花力氣才能完成的。所以九一二公里步步珍貴，步步汗水。沿途我們迎面碰到不少對向及同方向的車隊，有旅行社團，有自行組團，也有散客，彼此都會高舉左手或右手互道加油。途中也見到一位撐傘苦行的步行客，還有兩支扛著三太子巨型偶像環島步行的陣頭，讓我們欽佩不已。到了北宜公路，傳說中的重機車賽車場，不管他們的坐騎多麼華麗高檔，我們都不屑一顧，那些重機騎士們也從沒向我們這群拚命使力踏行的單車騎士打招呼，畢竟氣勢和高度都不同吧？環保作家劉克襄日前為文建議將北宜公路改成休閒公路，禁止重機行駛，我肯定會舉雙手贊成。

這趟單車環台行頗有舊地重遊之感。年少時西螺大橋多麼風光，幾乎就是

終於騎完 912 公里，完成單車環島。女兒眉開眼笑，邀領隊吳明龍合影。（2013）

台灣的地標，可惜我從未踏上過，只有坐火車從車窗瞧見掠過。此回踏車行走其上，彷彿時光倒流，一股樸實的歷史感及親切感油然而生。北邊的竹塘是嬸嬸的娘家，初中時住過半個暑假。南方的西螺鎮一直向隅，此回在西螺午休用餐，我和女兒在鎮上隨意逛了一回。小鎮時光幾乎凍結了，不見昔日風光，沒有現代化的建設及與時俱進的規畫。

倒是在轉運站吹冷氣休息時，目睹一對母女的互動。與我年齡相仿的媽媽，一副農婦裝扮，黝黑又樸素，應該是騎車送時髦的女兒北上。女兒皮膚白晰細緻，裝扮可愛，不時把玩手中的時尚手機，也不時秀給母親觀看。母親幾乎不發一語，偶爾也會綻放笑容。終究不捨，無奈窮鄉留不住人。無言目送孩子上車，才潸潸然離去。

一趟單車環島下來，真的開拓視野，提升心靈，也身體力行做到「愛台灣」的要求。領了精美的證書，世界也更開闊了。女兒一下子就結交許多年齡相仿的團友，他（她）們相約二年後，等考完大學，再來一趟單車環島。並與年輕親切的工作人員成了臉書好友。回到台北，同事們問起暑假做了什麼大事，我說：「單車環島。」頓時收到不知多少訝異又欽佩的眼光。等我秀出我騎單車時的英姿照，他們幾乎啞口無言：你一點兒都不像行將六十的老人！

（二〇一三年八月）

機車壯遊

很多人都有過大旅行，通常會選在生活步調重大轉變之際，譬如剛畢業，或者結束單身前。我則選在剛退休。至於要選在什麼時間點，反而不那麼重要，反正四季皆宜。

壯遊的目的為何，那就琳琅滿目；有的想出門轉換空間，有的要跳脫例行步調，有的想探訪名山佳境，有人想走訪遠方多年不見的親友。我則只想一個人出去走走，體驗一下老子在《道德經》裡提到的教誨：「善行無轍痕」。即善於旅行的人沒有固定的路線，不留下車輪的痕跡，也就是說主張隨性漫遊。直到風塵僕僕返回，想起這趟旅行的收獲，才恍然大悟，原來我是想去體驗一下南方的溫暖，和煦的氣候，不一樣的景致，以及與人互動的熱度。

非洲有句家喻戶曉的諺語：「一個人獨行，可以快些。跟一群人同行，可以走遠些。」我並不趕時間，也沒想去更遠的地方。只想騎機車隨意繞行台灣一圈，騎到哪，停到哪。最重要的，就是一個人獨行，走向既熟悉又陌生的人群及景物，和他們說說話、聊聊天。十年前，一家三口曾搭朋友的租車繞行台灣，但全程都在車上，隔窗觀景，一路談天。六年前，曾與女兒參團單車環島。全程九天，幾乎天天在趕路，拚里程，沿途風景可說完全視而不見。此回，機車環島單人行才是我真正想要的。

由東轉西，繞行一圈

出門前，我什麼也沒規畫，只訂了第一晚在宜蘭南澳的民宿。鄰家的機車店朋友好心借了他閒置很久但保養極佳的一五〇ＣＣ機車。就這樣，準備好細軟，選個日子，告別妻女，我沿著東岸踏上南下的公路。走過微雨霧茫茫的北宜公路，有好幾個路段，濃霧幾乎鎖住整條山路，能見度不及十公尺，令人生懼。近午在礁溪小事休息，便又沿著海岸公路向南駛去。不久便抵蘇澳，特別繞進南方澳，遠眺新近剛坍塌的跨海大橋。沒多久，騎上蘇花公路，天色雖有些昏暗，心境卻無比開朗。騎上這條馳名中外，路面品質極佳，有些驚險的公路，幾乎興奮到想開懷哼唱。我在南澳新開通蘇花改的路口 7-11 便利店歇息半晌，然後住進熟悉，卻空無一人的民宿「水田屋」。

這間鄉下民宿像極了小時候的家園，前有水道，後有山巒，雞犬優游自在，是一位城市老闆下鄉種植有機稻米而承租的。輕鬆睡了一晚，在雞啼聲中醒來。偌大的屋舍，空留我一人。聽風聲，聞雞鳴，靜看飛鳥掠過，這已是多麼難得的清境。整裝再出發，踏上幾乎完全陌生的蘇花公路段。穿越無數漫長的隧道，時暗時明。在轟隆聲中急行，每回都覺得驚心動魄。生命彷彿像在隧道中奔馳那樣，只能盯著前方，目不轉睛，小心翼翼地勇往直前，迎向一個未知的時空。直到出了隧道，又彷彿重生，回到人間。

我直奔七星潭海岸，寒風中遠遠就聽到捍衛疆土的噴射戰機起降噪音。吃了一顆烤地瓜充飢，憨厚的攤商大哥推薦我到後方的洋食館用餐。為犒賞自己，我在面向無敵海景的窗邊，點了一份素食異國料理。但我並沒有打算在花蓮落腳，直奔海岸公路南下，捨棄路旁希臘式風格的民宿，繼續悠閒漫遊。輕鬆盯著路面，看著兩側的風景或路樹，及遠處若隱若現的海景，耳畔是摩托車馬力十足的引擎聲。不覺天色漸昏，下起毛毛細雨。

我像荒野恐懼黑夜降臨的野獸，開始擔憂今晚的住宿。我在豐濱鎮繞行了十餘公里，包括深入阿美族的原民區，皆沒找到屬意的民宿。最後，身心力竭，停車到鎮上唯一的便利店，點了一杯咖啡，順便詢問店裡的工讀生：何處有乾淨便宜的民宿？店員愣了一下，很納悶地回說：隔壁就是啊！我二話不說，連咖啡都來不及喝上一口，便踏進這間已開張八年的樸實民宿。年近半百的老闆相當親切，給了我一間三樓的小房間，小窗可以越過鄰家屋頂望向海面。它像極了地中海岸某個平價旅舍。之前因天色昏暗，招牌太小，我曾來回騎過幾趟都未留意。那一夜，整棟民宿也只有我一人。

夜宿豐濱，橫走縱谷

隔天，我決定繞進花東縱谷，從豐濱越過海岸山脈到光復，然後轉台九線南下瑞穗，再越過山脈折回海岸邊的大港口，到北回歸線標誌景點小歇，之後便南下台東的都蘭。這一天整整騎了一百八十公里。其間，臨時起意到紅葉溫

花蓮七星潭海岸。（2020）

泉泡湯。上回與內人來此泡湯已是近三十年前的往事。所幸外觀依舊，記憶猶新。中午，一直在尋找記憶中的舞鶴觀光茶園歇息，卻遍尋不著。原來我將它與鶴岡混淆了。結果在鶴崗與瑞穗間繞行了好幾圈才黯然放棄。之後，再沿著秀姑巒溪河谷產業公路，回到台十一線海岸公路。這一路春雨綿綿，遮住了不少美景，尤其是河谷的熱帶林相及氛圍。一路騎到東河，雨才停歇。我先去補充機車燃料，順道詢問加油站服務員哪家包子好吃。他回得很得體：「都是自家兄弟嘛，沒什麼差別。」我到大馬路旁的新店排隊，買了一粒鮮肉包子。可能因饑腸轆轆，覺得分外美味。

到了都蘭，天已昏黑。我又如法泡製，到便利店點了杯咖啡，然後詢問工讀生。他們都是在地人，年輕又熱忱。資深的工讀生精準地看出我的需求及消費檔次，告訴我派出所對面巷子裡有幾家民宿。我放棄專收背包客的那間，選了對面新建樓房的「珍珠嶺」。結果非常滿意，清潔乾淨，感應式門鎖，早餐尤其豐盛。原來它們是鎮上有名的甕仔雞餐館的附屬民宿。可惜天公不作美，看不清周遭的美景。近幾年來，都蘭相當火紅。除了山海美景，都蘭山更是阿美族的聖山，有許多幽靜的民宿，都蘭國小的書包更是熱門話題。當我問當家的女兒都蘭國小怎麼走？她會心一笑，說她就是都蘭國小及都蘭國中畢業的。

第二天大清早出門買咖啡，天空已烏雲密布。果不其然，不及半刻鐘便下起傾盆大雨。夜晚在樓下吹奏薩克斯風的老爹，一身重裝備雨衣，準備騎機車載太太去他們的養雞場拾雞蛋。還很開心地跟我說：「我們這裡已好久沒下雨了！」我在雨棚下慢慢用餐，又等了好半晌，雨勢才稍歇。我決定到大馬路旁買一套衣褲分離的雨衣，繼續冒雨南下。一路騎過台東市，抵達知本，雨才完全停歇。

因為雨勢太大，錯過了富岡及成功漁港美麗的海濱，也不想在雨中的台東市多作逗留，只想直奔知本，在舒暢的溫泉好好泡一泡。沒想到知本溫泉如此遼闊及高檔。此時已近晌午，乾脆先至最深處的國家森林遊樂區散步小歇，然後尋找知本老爺飯店拍照留念。因為二十餘年前它剛開張之際，曾偕內人到此一遊。大門警衛得知我的來意，特別通融，讓我停車入內拍照。臨走前詢問他何處可以只泡湯不住宿。他說老爺飯店就可以，不過要等到下午二點才開始。並建議我先至鎮上用餐，路邊買一張便宜套票。就這樣，我只花了極合理的價格，泡到了五星級的大眾池溫泉。

重遊知本，太麻里驚奇

法國著名作家卡繆一生顛沛流離，曾寫道：「幾年來我們都在旅行，但卻不知道在尋找些什麼。在嘈雜聲中東張西望，被許多渴望及懊悔牽絆。突然間，會來到二、三個耐心等候我們的地方。此刻，我們緘默不語，我們真的找到了，找到了我們想去的地方。」我入住太麻里「吉廬夫敢藝文民宿」的情節，真的彷如此境。

渾身舒暢從知本再出發，計畫在太麻里落腳，心想最好能找到一家原住民開的民宿過夜。公路旁突然看到寫著「藝文民宿」的小招牌，心想一定大有文章，想先去探探。結果就這樣給分神了，在轉進右方通往火車站的第一個岔口，似乎瞥見那塊招牌。緊急煞車，不小心失去重心，重如巨石的機車便緩緩倒向右側，還壓住了我的右腳。此時前方岔路出現一輛自用轎車，見狀停車，走出一位年輕女子。後方一輛機車也停下，問我如何？我說人車皆ＯＫ，但請他們先幫我扶起車子，好讓我抽回右腳。隨後順便問了他們有否推薦的民宿？帥哥騎士熱心地說，山上二公里處的新興村有民宿可以選擇。後來索性騎在我前方帶路。此時已近黃昏，沿途他還數度打了方向燈，停車介紹一些景點：酷似著名動漫《灌籃高手》的「櫻木平交道」、台鐵便當的宣傳照，都在我親眼所見之處。然後進入排灣族的部落，迎面的第一家赫然就是「吉廬夫敢藝文民宿」！走進大廳一看，簡直像一間博物館，或者某位原民文物大收藏家的陳列室。那一夜真的太夢幻，也太神奇了，宛如天意。

年逾知天命之年相當內斂的屋主鄔久子，很自豪地接待。他的母親是村裡

重遊知本老爺飯店。（2020）

八大家族的頭目之一。排灣族男女平權，頭目一定由長男或長女繼承。整棟建物由母親設計完成，屋內的擺設、織繡、雕刻及老鷹、山豬標本皆是其母及舅舅所創作。門外屋牆上還留有母親憶及兒時在太武深山生活的場景，大門外牆甚至還留有其母未完成的自畫像。心想這些素人藝術家如何找到不褪色的顏料及雕刻的工具？

民宿主人得知我的行程，力薦我先上金針花山賞花，再經壽卡轉台一九九線，經牡丹水庫到車城。於是我循著他的指點，大清早便往山上騎去，三刻鐘便已到了山腰上的「青山農場」賞花及遠眺山景。空氣出奇的新鮮，飄溢著南國的花香。木製挑高的主建物為半世紀前所建，原是金針花加工廠，現已改為休閒民宿及踏青景點。在門前招呼的中年大哥聊起他在台北打拚的日子，神情有點他鄉遇故知的感動。

奇妙公路：台一九九線

我一路頂著許久未見的陽光，騎在幾乎筆直的台九線海岸公路，一旁是湛藍的太平洋，一邊是高架的南迴鐵道，路面出奇的寬敞。然後轉進蜿蜒的山區，路面依舊比北宜公路開朗舒適。不久便到了台一九九線的制高點壽卡。那兒已有好幾群單車騎士在打卡、拍照及喘息。這個官辦的簡易休息站還備有飲水器及洗手間。而我彷彿舊地重遊，六年前單車環島，我們便是從西邊的另一端爬騎到這兒，然後一溜煙地俯衝到東岸。

這條產業公路只容自小汽車及機車通行，也是自行車環島的必經之路，同時也是南方珍貴的生態公路。當地一位畫家朋友告訴我，他曾載著幾位德國友人到此一遊。當中有一位植物專家很驚訝地提醒他們：這條道路的兩側林相，雖只相隔一路面之遙，卻迥然不同。轉個彎兒，便冒出不同的花木，實屬罕見。就這樣，一路到牡丹水庫。此時已有點兒精疲力竭，便在四重溪小歇，當然不能錯過這兒有名的溫泉。鎮上這間老式風格的溫泉旅館正合我意，水量十足的碳酸溫泉，質感不亞於礁溪溫泉。此刻已車行在平原，兩側望去只見結球壘壘的洋蔥田，及兜售的路邊攤。不久便駛進名聞遐邇的南方古城恆春。

恆春古名「瑯嶠」，音譯自排灣語「蘭花」之意。一八七五年建城，為現今台灣保留最完整的古代城池，也是因清廷與日本交戰史的前哨「牡丹社事件」所致。清廷派欽差大臣沈葆禎來台，強化海防時奏請所建，並更名「恆春」，取其四季如春之意。三萬人口的小鎮歷史感十足。我逸行城牆一趟，登上北門的城郭，輕步踏上超過百年的磚牆及砲台，遠眺四方，心情像憑弔古戰場那般沉重。接著便開始找尋今夜投宿之處。我不想遠離市區，但繞行大街小巷好幾刻鐘皆不可得。最後停車南門圓環，詢問冰品店的老闆，他指向十一點鐘的方向，說那邊比較多民宿。我先找到一家新開張的背包客民宿，擔心吵雜便放棄了，另一家巷內較靜謐的則已客滿。當家的櫃台小姐好意建議我到前頭巷內

墾丁半島最美的標的「風帆石」，風景如畫。（2020）

新開的「森甜旅店」試試。起初大門深鎖，無人應答，甚是懊惱。它緊臨學校，還算幽靜。徘徊不去，忽見屋內有身影，再次敲門。一對年近半百笑臉迎人的夫婦應聲出門。幸運之神再度降臨，我決定在此多留一宿，好好地盡情遊覽夢寐以求的南國恆春半島。

墾丁南灣出生的素美姐，美髮專業，在海外打拚多年。在香港遇見未來的日籍夫婿春日先生，一道回日本定居，女兒成年後，夫妻倆決定回台灣開民宿養老。春日先生略通中文，有著日本文化涵養出的謙遜多禮，十分羡慕我的機車環島壯舉，因為他已被這間民宿「困」了大半年。民宿十分清幽乾淨，就在北門邊上，交通方便，聽說住房情況極佳。入住不久即收到巴黎留學時室友畫家張新丕的簡訊。通了電話，他說今晚他們也要來墾丁，問我住在哪裡？我臨機一動，推薦他乾脆來恆春與我同住這間民宿。果然一切順利，個把小時後，便見到這位二十多年不見的老友。事實上，他是專程從屏東內埔南下前來與我會合的。是晚，他及其同伴琬婷小姐請我到一家新潮洋食館用餐，餐館隔壁就是電影「海角七號」的場景。飯後回到民宿，在民宿前方車庫雅座上促膝長談至深夜。

恆春重逢、漫遊墾丁

我跟新丕說好，明天一大早我先出門，後天再去內埔參觀他的畫室。我準備用一整天的時間，好好遊遍墾丁半島。我接受他「先玩東岸」的建議，遂往滿州方向騎去，遠遠就瞧見鎮上入口處那棵枝繁葉茂的大樹，然後直奔九棚，一直到無路可走的盡頭，那是一個太平洋岸的小小漁港，地圖上稱之為南仁漁港，卻連一艘船都沒有。海水清澈見底，有一家子在水邊戲水。後來才知道這裡就是清日兩國牡丹社事件的肇事點。接著繞回港仔，這兒有商家出租吉普車飆沙，讓人覺得身處某個邊陲荒漠。再折回南仁山生態保護區一探，二十餘年前曾花半天時間走過一趟，印象深刻，入口管制站模樣依舊。農委會派駐年輕熱情的管理員主動允許我當場報名，我說要趕路，婉謝他好意。又折回滿州，在大樹下享用新丕昨天送我的一粒客家粽子。喘息片刻，又轉台二〇〇線重回太平洋岸。

來到佳樂水景區，此時天色轉陰，飄來一陣驟雨，坐上遊園專車，靜靜欣賞風浪下的奇岩怪石，司機解說員憑著超高想像力逐一命名。然後又沿著極東的海岸公路經過「風吹砂」，來到鵝鑾鼻燈塔。因為路標不明，加上修繕工程圍籬，讓我錯過，白騎了數公里才又折返。總之，燈塔依舊，遊人稀少，入口景觀少了國家級景點的水準。再繞回墾丁市區，早年首屈一指的凱撒大飯店似乎縮水了，整個墾丁變得太商業化，也太庸俗了一點。前一夜，新丕已載我逛過夜晚的墾丁大街。因時候尚早，便直接騎往貓頭鼻景點，眺望巴士海峽。最後再循著海岸公路回到恆春，在市中心中山路點了一碗越南河粉當晚餐後，才拖著疲憊身子回到民宿休息。

恆春古城的北門。（2020）

第二天大清早出了大太陽，但隨即烏雲密布，依計畫前往海洋生物博物館參觀。它應是近年來最具地方特色及文化水平的景點，入園門票不菲，但訪客絡繹不絕。輕鬆四處觀賞，也在園內用餐，才踏上北返的「西岸懇親」之旅。第一站前往屏東內埔新丕的畫室參觀。他旅居歐洲十餘年，主要在奧地利，也轉往巴黎習畫。他想像力超級豐富，常見人所未見，又熟諳西方繪畫技巧，卻願意留在南方鄉下發展。他若有所悟說，西方和中國的美術史都是大陸思維，台灣應該注入海洋思想。他的畫室就在馬路旁的檳榔園裡，無比簡陋，既沒有路牌，也沒有任何指標，裡頭除了畫具和未完工的畫作外，別無多餘的物件。倒是入口處栽植了一些豔麗的奇花異木。原來他的夥伴曾琬婷老師專攻貼畫，所用的質材居然都是真實的花草，取其顏色及造型，再加上巧思。她讓我欣賞一幅某位收藏家向她訂購的梵谷名畫《雛菊與罌粟花》，一幀插滿鮮花的花瓶。貼畫栩栩如生，色彩繽紛，花團錦簇，亮麗吸睛的程度不亞於原作，真是令人大開眼界。

高雄懇親、嘉義探女

我跟叔叔約好在鳳山火車後站碰面。二年前搭火車來此探望嬸嬸時，這裡還是一片工程圍籬。等了好半晌叔叔才出現，然後跟著他的機車騎到他的住處，今晚我就在這位親人家過夜。叔叔大我不到十歲，但畢竟是長輩，小時候並沒玩在一起，也不知他的成長及交遊。他是老么又調皮好動，在當時有點兒問題少年的調調兒，服役時還因逃兵被關禁閉。當時年事已高，身型肥胖，膝蓋有些風濕的祖母，還大老遠跑到淡水老梅的軍營去探監。可能基於母愛，這位目不識丁的祖母居然知道如何搭車、換車，辛苦地走到地處荒野的營區，再平安返抵家門。

叔叔過去是限時專送的郵差，分配到一輛二五〇CC的重型機車，我正是趁他下班之餘拿它學會騎機車。因媒人介紹娶了彰化竹塘出生的裁縫為妻，上大學時我穿過一件極拉風的短袖花襯衫，即是出自嬸嬸之手。後來叔叔因為經不起損友誘惑，經常打麻將聚賭。他的大哥（我的父親）和已落戶高雄的姐姐（我的小姑），勸他們一家換個環境，南下移民。之後他調為郵務卡車司機，直到退休。嬸嬸則辛苦持家，也在菜市場擺攤賣雞。不幸，叔叔退休那年，嬸嬸突然中風半身不遂。性格倔強的嬸嬸不服輸，結果二度中風，失去行動能力迄今。現在輪到小叔照顧她，他幾乎每天早上騎半個小時的車程，到郊區的安養院探視妻子，並替她按摩舒壓。隔天，叔叔載我一道去探望嬸嬸。看她眼神平靜，心底也比較寬慰。

告別叔叔，我便驅車前往嘉義。女兒還沒到嘉義念大學前，我幾乎沒踏進這座城市。我跟前夜才從台北的家南下的她約好嘉義後火車站見，她則從學校趕來與我會合，然後一同到她與幾位同學合租的學舍落腳。我們家這位獨生女兒離巢來到嘉義已三年有餘，加上有機車代步，熟悉市區的大街小巷，已是一位很好的地陪。晚上她還先訂了一家口碑不錯的火鍋店，用完餐又建議我續攤，去一家調酒吧小酌。東區大雅路的這間小小酒吧，聽說是唯一的一家，卻容納不下十名客人。但年輕有禮、幹勁十足，又很專業的老闆招呼得很親切。他絕對曾在大都會的夜生活待過，但選擇回鄉，與年輕人和負笈在外的學生互動，誠屬不易。

深入后里，石岡訪友

第二天，女兒建議我走台三線，因為車流量較少，風景較佳。她騎車帶領我到嘉義大學後方的交流道才分道，我則悠閒地騎過梅山、斗六、古坑、南投、草屯、霧峰，再繞過台中到達豐原。我已跟月棋嫂約好黃昏前到石岡小住。但在這之前，心底盤算走一趟驚奇的探訪之路。約莫十年前，因同事推薦，我常去台北八德路台視公司後方的一家法國鄉下式餐廳用餐。有一回還包場，將畢業班導生全部帶去開開眼界。老闆姓黃，叫 Michelle，店名就叫「Michelle 的廚房」。不知她因何緣由跑到法國學廚藝，一待就是二十餘年。幾年前才回國開了這家簡餐式的餐館。她的招標菜是法國東北洛林省的火腿鹹派。二年前較有空閒，想再去光顧，結果已經歇業。不過網路上搜尋卻在后里卻冒出同名的餐館，心想應該就是她回家鄉另起爐灶了。

我直奔月眉，那兒正在辦燈會，人車洶湧。我一路詢問，從路邊指揮交通的波麗士大人，便利店的服務生，路邊工作的水泥工，都一直找不到「水門路」的位置。後來在水圳的另一頭問到一位大哥，才終於在一個小村落的陋巷裡看到門牌，還要再繞過主建物才找到 Michelle 簡陋的廚房。鄉下廚房工作桌上擺滿了各式糕餅，她似乎覺得我面善，我說出身分，她驚訝異常，當下包了兩個派餅送我，還說我曾送過她一本寫法國文化的書。相隔近十年，繞行大半個台灣，專程來探望她，這份情誼她應該很感動。

上回想去石岡賴顯邦家已是三年前的事。那是陪女兒搬家南下嘉義，想順道過去石岡探望因癌末得不時進出醫院的賴先生。月棋嫂在電話中告訴我可能來不及了，賴先生又送醫了。真的，顯邦兄就這樣輕飄飄地走了。認識這位溫文儒雅，含蓄親切，專功印度哲學的哲人已近二十年。早期，每週四都會想辦法到台大附近他們夫妻倆經營的簡體書店報到，像趕赴某個聚會所，聆聽某位宗派大師說道那樣。後來，他更邀請我們一家到他們在石岡新落成的鄉間別墅小住。由於女兒和他們的么兒同庚，也就更能玩在一起。有一回，黃昏時分，我們在前院烤肉，他們一家五口剛好坐在一起，我直覺地拿起照像機按下快門。月棋嫂說，這是他們家唯一的一張全家福合照。賴先生尤其笑容滿面。

第二天，喝了月棋嫂準備的自家種植的咖啡，配上一片Michelle的火腿鹹派，便整裝北返，這是環島的最後一天。天公不作美，在寒風苦雨中騎了一百七十餘公里，於下午三時許全副雨衣裝備安抵家門，妻子上前給了我一個親切的擁抱。我好像經歷了一場不甚輕鬆的鍛鍊，內心裝滿許多說不出的感激，回到既熟悉，又覺得有點兒陌生的原點。

幾天來，我一直想著許多感動的畫面，那些在我這趟旅行中浮現的身影：花蓮路邊問路，小貨車司機指點後特別叮嚀我：騎車要小心。高雄一位準備送貨的商行大哥提醒我騎錯方向了。台南那位半百的老闆娘精準地告訴我如何騎回台一線。草屯公有市場旁賣鹹湯圓的年輕老闆好奇問我幾歲，然後翹起大拇指，也同樣提醒我騎車要小心。大雨中，龍潭加油站那位女員工親切地告訴我騎上台三線的方向。還有到了土城，我想走較熟悉的新店，在十字路口因陰雨視線不明，停車詢問一旁正在等紅綠燈的一位女士：「請問：右轉是不是到新店？」她停了三秒鐘，像搶答一樣說：「對的。」我說了一聲謝謝，便加足馬力揚長而去……每每想到這些畫面，心底就油然產生一股莫名的溫暖。

（二〇二〇年三月）

〔後記〕

旅行是一種穿越

我很喜歡將旅行比喻做「欲望的革命」，這應是精神分析大師榮格的提法。這裡「欲望」是廣義的，而非僅限於某種衝動，如性衝動，它是人類一種與生俱有的「渴望」。至於「革命」，也非是走上街頭，拋頭顱灑熱血的那種，它是一個文學理念，旨在不斷追求精進的美學。其實，有過旅行的人都能體會到，旅行涉及更多的是心理的滿足層次，而非只是身體的位移，或者單純的尋幽訪勝。

時至今日，旅行早已跳脫「增廣見聞」這樣淺白又通泛的目的。它更像在尋求某種體驗，某種另類的、超脫例行的尋奇衝動。有人「走馬看花，到此一遊」。有的人觸景傷情，或發思古之幽情。有人「念天地之悠悠，獨愴然而涕下。」（陳子昂〈登幽州台歌〉，六九六年）。也有人「哀吾生之須臾，羨長江之無窮。」（蘇軾〈赤壁賦〉，一〇八二年）。更有「長夏尚滔滔，頹陽照空島。」（拜倫〈哀希臘〉，一八二〇／蘇曼殊譯）。我們不難發現這些曠世佳文皆因旅行而起，不僅道出作者悲天憫人的關懷，也訴說著人類的心靈悸動及文化的傳承。

在浩瀚的宇宙裡，在生命互續的時空中，我們都會有一段屬於自己生存的時間。我們只稍停下腳步，隨意思忖，也會有一個「見證」這個存在的時間。換言之，當我們認知到我們存在的時空，有著滿滿的人文歷史，那種充實的感覺，與渾然不知，或者不去理會，這個時空的意義及內涵，絕對會有截然不同的感受。這裡，考古學家、歷史學者做出了他（她）們的貢獻，文學創作正是呼應這份史實和熱情。人們可以運用想像，完成一篇篇穿越時空令人感動的書寫。我的「旅行」便是循著這個方向前行。

就其本質而言，旅行就是與異地做某種互動與連結。它也可能是某種臥遊，或神遊，但都必須有個對象空間做媒介。它可能是一種「如是我聞」的實況報導。也可能是「感時花濺淚」的抒情轉移。也可能是「以古為鏡」的勸說宏論。總之，就是必須與這個異地空間做深層的交融，包括打破時間的順序，以及一切可能的阻礙，達到「物我合一」的境界。即劉勰在其《文心雕龍》（五〇二年）〈物色〉篇所揭示的「是以詩人感物，聯類不窮；流連萬象之際，沉吟視聽之區……。」「想像」在這種浸潤交融中發揮作用，我們才有可能居陋室而馳騁天穹，觀靜物而自得其樂。然後才能超脫「遊記」，成為一種思想匯流。

這本遊記集子收錄了本人近二十年來的旅行雜感（一九九七—二〇二二），以台灣我的故鄉及其離島為主，以我的成長及視野為輔。行文可能不夠協致，文筆可能收放不一，體裁可能略嫌殊異，唯皆以「旅行」為出發，為文感物抒情，記錄當下的感觸及心境。所以「時間」反而不是絕對的要求。而此不就正是「旅行」的最大特色，它允許我們「穿越」時間與空間，書寫當下。

感謝印刻出版公司的信賴，感謝四十年來經常陪我上山下海的妻子葉淑燕，也由衷感謝在我的這段旅行中協助過我，指引過我，那怕是萍水相逢，有過照面，熟悉的或陌生的面孔或故事。感謝有你（妳），讓我這段人生旅途更為珍貴！

（二〇二二年十月）

文學叢書 694
時空旅人

作　　者　吳錫德
總 編 輯　初安民
責任編輯　林家鵬
美術編輯　黃昶憲
校　　對　吳錫德　孫家琦　林家鵬

發 行 人　張書銘
出　　版　INK 印刻文學生活雜誌出版股份有限公司
新北市中和區建一路 249 號 8 樓
電話：02-22281626
傳真：02-22281598
e-mail：ink.book@msa.hinet.net
網　　址　舒讀網 http：//www.inksudu.com.tw

法律顧問　巨鼎博達法律事務所
施竣中律師
總 代 理　成陽出版股份有限公司
電話：03-3589000（代表號）
傳真：03-3556521
郵政劃撥　19785090　印刻文學生活雜誌出版股份有限公司
印　　刷　海王印刷事業股份有限公司

港澳總經銷　泛華發行代理有限公司
地　　址　香港新界將軍澳工業邨駿昌街 7 號 2 樓
電　　話　852-27982220
傳　　真　852-27965471
網　　址　www.gccd.com.hk

出版日期　2022 年 11 月　初版
ISBN　978-986-387-617-5
定　價　320 元

國家圖書館出版品預行編目資料

時空旅人／吳錫德 --初版,
新北市中和區：INK印刻文學, 2022.11
面；14.8 × 21公分.（文學叢書；694）
ISBN 978-986-387-617-5（平裝）

863.55　111017219

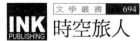